KB062429

이것이 법이다 182

2024년 4월 24일 초판 1쇄 인쇄
2024년 4월 29일 초판 1쇄 발행

지은이 자카예프
발행인 김관영

기획 박경무 강민구 임동관 조익현 최시준 신정윤
책임편집 최전경
마케팅지원 유형일 장민정

발행처 (주)로크미디어
출판등록 2003년 3월 24일
주소 서울시 마포구 마포대로 45 일진빌딩 6층
Tel (02)3273-5135 **Fax** (02)3273-5134
홈페이지 rokmedia.com **E-mail** rokmedia@empas.com

값 9,000원

ISBN 979-11-408-2120-4 (182권)
ISBN 979-11-255-9575-5 04810 (세트)

자카예프 장편소설

CONTENTS

정의? 이권이겠지

“세상은 때때로는 너무 단순하고 때때로는 너무 복잡하지요. 그리고 이 경우는 단순하면서도 복잡하네요.”

노형진의 말에 고연미 변호사가 고개를 끄덕거렸다. 연예계 전문 변호사이기에 이번에는 그녀와 함께 일하게 된 것이다.

“맞아요. 결국은 돈이 문제인데 저쪽은 정의라는 가면을 쓰고 있으니까요.”

“그러니까요.”

동성 간 성추행. 그건 심각한 문제다.

일반 성범죄라고 해도 심각한데 심지어 동성 간 성추행.

이건 사회적으로 자살하라고 그냥 관에 넣어 놓고 못 박아 두는 것으로도 모자라 심지어 쇠사슬을 달아서 바닷속에 던져 넣는 것으로 봐도 무방할 정도다.

“사람들은 그걸 믿고 있고.”

가장 큰 문제는 그게 진실이라고 믿고 있는 사람들이다.

“하아, 진짜 여론재판이란.”

고연미 변호사는 여론재판이라는 말에 머리가 아픈 듯 고개를 절레절레 흔들었다. 하긴, 연예인 출신인 고연미만큼 그에 대해 잘 아는 사람은 없을 테니까.

“이미 여론재판이 끝났으니까 사실상 그걸 뒤집는 게 쉽지 않을 거예요.”

“저도 알고 있습니다. 그래서 고민이고요.”

단순히 법적 공방을 주고받는 게 문제가 아니다. 저쪽에서 성범죄로 선빵을 때린 걸 부정해야 하는데, 문제는 방법이 없다는 거다.

인터넷에서도 도는 말이 있지 않나? ‘한마디의 말을 하는 건 쉽지만 그걸 반박하기 위해서는 수백 수천 장의 증거가 필요하다.’라는.

“문제는 증거를 제출해도 믿지 않을 놈들이 대부분이라는 거죠.”

인간은 스스로 결정한 것을 번복하는 걸 극도로 싫어한다.

설사 그게 틀렸다 해도, 그 선택이 장기적으로 자기를 죽일 거라는 사실을 알아도 번복하려 하지 않는다.

당장 머리에 총을 들이밀며 선택을 강제하면 자신이 틀렸

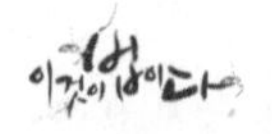

다는 걸 인정하지만, 반대로 10년에 걸쳐서 조금씩 말려 죽인다면 그 사실을 알게 되더라도 자신의 선택이 틀렸다고 인정하기는커녕 도리어 자기 합리화를 하며 자신이 죽을 날을 앞당긴다.

"연예인들 중에 그런 경우가 많은 편이고요."

연예인들이 마약이 자신을 망칠 거라는 사실을 몰라서 마약을 할까?

아니다. 안다. 하지만 한다. 동시에 자기 합리화를 위해 마약의 합법화를 주장한다.

그에게 마약을 합법화한 나라들이 좋은 꼴을 못 봤다는 사실은 중요하지 않다. 중요한 건 자신이 마약을 선택했고, 그걸 정의로 포장해야 한다는 것뿐이다.

"지금도 마찬가지예요."

이미 민도영을 동성 간 성범죄자로 인식하고 욕한 시점에서 이미 결정은 끝났고, 그걸 바꾸는 건 현실적으로 무척이나 힘들다.

"알고 있습니다. 그래서 고민 중이고요. 그나저나 이 템퍼링에 관해서는 어떻게 생각하십니까?"

"심각하죠. 최근에 더더욱 심해졌고요."

"과거에는 없었나요?"

"없었죠. 애초에 그럴 문화가 아니었고. 제가 변호사가 되고 나서 이런 문화가 퍼졌어요. 뒤통수치는 건 소속사만이 아니니까."

"하긴, 그렇죠."

과거의 엔터테인먼트 회사들은 폭력 조직 산하에서 운영되는 경우가 많았다. 그런데 템퍼링을 한다? 그랬다가는 아마 어딘가로 끌려가서 개처럼 처맞고 실종 처리될 거다.

심지어 그 시절에는 약속된 정산금을 달라고 했다는 이유로 연예인이 무대 뒤에서 두들겨 맞는 경우도 있었다.

그렇다면 다른 회사에서 템퍼링을 시도한다? 그럼 더 이상 법과 원칙의 문제가 아니라 조직 간 항쟁의 문제가 되어 버린다.

돈줄을 빼앗아 가는 것이나 다름없으니 서로에게 사시미를 휘두르면서 죽여 버리려고 할 거다. 실제로도 연예인을 빼앗아 가려고 조직 간 항쟁을 벌이지 않았던 것도 아니고 말이다.

아이러니하게도 템퍼링이라는 것은 연예인을 존중하고 그 가치를 인정하면서 생긴 문제였던 것.

연예인이 방송에서 출연함으로써 인기를 끌지만 그게 본 모습인 것은 아니다. 방송에서는 천사처럼 보여도 카메라 뒤에서 스태프를 두들겨 패고 욕하거나, 반대로 방송에서는 나쁜 놈 기믹을 유지하지만 뒤에서는 불쌍한 사람들을 도와주는 게 바로 연예인이다.

"템페스트에 관해서는 나온 게 있습니까?"

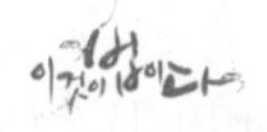

“일단 템페스트에 관해서는 대부분의 사람들은 ‘왜 그렇지?’라고 생각하는 분위기예요. 다들 우호적인 상황이더라고요.”

“역시나 그렇군요.”

“네, 반대표나 하다못해 그들에 대해 안 좋은 소문이라도 있으면 좋은데 그런 건 없어요. 민도영 대표가 관리를 철저하게 한 모양이에요.”

“그것도 있겠지만 템페스트는 성공한 지 얼마 되지 않은 놈들이니까요.”

템페스트는 성공하기 위해 오랜 시간 노력해 왔다. 그리고 연습생 기간 동안 모든 소속사에서 당부하는 것이 바로 몸가짐을 바르게 하라는 것이었다.

성공한 연예인도 몸가짐을 바르게 하지 않으면 한 방에 훅 가는 세상이니 신인이 그렇게 처신하지 않으면 기회조차도 못 잡으니까.

“대부분의 연예인들은 무명인 시절에는 예의가 바르죠.”

그렇기에 다들 그들의 본성이 착하다고 믿는 거다.

“하지만 그 사람에 대해 알고 싶다면 그 사람에게 권력을 쥐여 주면 된다고 하죠.”

성공하는 순간 누군가는 더더욱 조심하는 반면 누군가는 180도로 돌변해서 사람을 노예 보듯이 보게 되기 때문이다.

“그리고 템페스트는 이제 성공했으니까요.”

그것도 한국도 아닌 해외에서부터 먼저 성공했으니 템페

스트가 어떤 인간인지 아는 사람들이 없는 게 어찌 보면 너무나 당연한 일이다.

"그러면 사람들에게 증언을 받아서 뒤집는 건 불가능하겠군요."

"네, 그렇다고 봐야 할 거예요."

고연미는 떨떠름한 얼굴이 되었다.

"고 변호사님은 템페스트를 안 믿나 봅니다?"

"아, 저는 템페스트는 모르지만 민도영 사장님은 알거든요."

"아, 그래요? 같이 일하신 적이 있나요?"

"아뇨, 없죠. 그 당시에는 사장님이 아니라 다른 회사 이사님이셨거든요. 하지만 인성 좋은 걸로 유명하셨어요."

제법 커다란 회사의 이사쯤 되면 굳이 직접 활동하지 않아도 되고 목에 힘주면서 '내가 누구를 키웠네.'라며 거들먹거려도 된다.

"그런데 그분은 자기네 소속사 애들을 위해 진짜 자존심 다 버리고 뛰는 타입이셨어요. 무명 아이돌을 방송에 내보내겠다고 일개 PD에게 고개를 숙인 분이시니까요."

이사쯤 되면 누가 봐도 일개 PD보다 급이 높다. 그런 사람이 와서 고개 숙이며 기회를 달라고 하면 PD 입장에서는 마냥 거절하기도 힘들다.

물론 너무 가볍게 자주 숙여도 가치가 없겠지만, 적절한 타이밍에 써먹는다면 방송 출연을 통해 기회를 잡는 게 불가

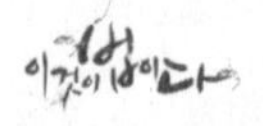

능하진 않다.

"무슨 뜻인지 알겠네요. 그런 타입이라면 아실 만하겠네요."

"네, 그래서 더 가슴 아파요. 이런 꼴을 당할 사람이 아니니까. 이대로라면 자살하실지도 몰라요."

누군가를 믿는 게 죄가 되고 그 때문에 망하는 걸 넘어서 사회적으로 매장될 수도 있는 상황이라면 당연히 억울해서 자살하고 싶어질 거다.

"어쩌면 그게 목표일 수도 있겠네요."

"네?"

"민도영 씨가 자살하는 거 말입니다. 그래야 자기가 자유로워지니까."

"설마 그렇게까지……."

"아니요. 여기 함정을 준비한 걸 보면 그게 목표일 가능성이 높습니다. 아시겠지만 계약 해지는 계약 해지고 손해배상은 손해배상이거든요."

"그건 그렇지만……."

"더군다나 투자까지 받아서 설계한 상황이니까요."

이번 사건의 무서운 점은 바로 퍼펙트로부터 투자받았다는 거다.

그리고 퍼펙트에서 투자할 때 제시한 조건 중 하나가 바로 멤버들과의 불화 또는 다른 이유 등으로 인해 활동하지 못하게 되는 경우 투자금 전액을 환불하고 거기에 더불어서 30억

이상의 손해배상을 하는 것이었다.

"이게 우연이라고 생각하기는 힘들죠."

"하긴, 투자금 전액 환불이야 이해할 수 있다지만 거기에 손해배상까지 요구하지는 않는 게 일반적이니까요."

"제 말이 그겁니다."

누군가가 투자할 때는 기본적으로 잘될 거라는 걸 전제로 계약서의 작성이 이루어진다.

물론 모든 일이 상상처럼 제대로 굴러가지는 않기에 반대로 일이 잘되지 않을 때를 대비해서 여러 가지 준비를 하지만 아예 대놓고 멤버와의 트러블로 인해 활동이 불가능하다는 유의 이야기는 담지 않는다.

왜냐, 상식적으로 멤버와의 불화로 인한 활동 제한은 극도로 낮기 때문이다.

멤버 중 한 명이 문제야 일으킬 수 있다. 하지만 누가 멤버 전원이 반기를 들고 소송을 걸 거라 생각하겠는가?

"퍼펙트는 아마도 민도영을 죽이려고 작정했을 겁니다. 그래야 템페스트가 자사로 확실하게 넘어올 테니까요."

"그런 상황에서 민도영 씨는 전혀 모르고 투자받은 거군요."

"네, 현실적으로 선택지가 없으니까요."

민도영이 인성이 좋은 것, 그리고 한국에서 나름 자리를 잡은 사람이라는 것과는 상관없이 현재 템페스트에 대한 반응이 오는 곳은 다름 아닌 미국이다, 한국이 아니라.

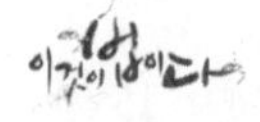

당연히 미국에 진출하기 위해서는 미국의 회사가 필요하고 템페스트는 분명 미국에서도 톱 3에 들어가는 거대 회사다.

그런 회사가 손잡자는데 거절할 사람은 없었다.

"운이 좋지 않은데 이제 와서 계약을 뒤집을 수도 없죠."

"현실적으로는 그렇죠."

"그러면 이걸 어떻게 하죠? 아니, 어느 쪽부터 해야 하죠?"

"글쎄요? 일단은 한국 문제부터 해결하는 게 맞겠죠."

퍼펙트 문제를 해결하기 위해서는 미국으로 가야 한다.

물론 가는 건 문제가 안 되지만 일단 한국에서 이 동성 간 성추행 사건을 해결하지 않으면 사회적으로 민도영이 매장될 테고, 최악의 경우 재판에서 이겨 봐야 민도영은 이미 죽어서 고인이 되어 있을 가능성이 크다.

"그러니까 일단 동성 간 성추행부터 해결하는 게 좋겠네요."

"하지만 이건 저희가 어떻게 할 수가…… 없는데……."

동성 간 성추행은 명백하게 성범죄고 당연하게도 형사적 영역이다. 그리고 형사적 영역에서 변호사는 공격자가 아닌 방어자다.

"저희가 그런 적 없다고 주장해 봐야 누구의 귀에도 들어가지 않을 거예요."

"그렇죠."

민도영에 대해 '동성 간 성추행은 없었습니다.'라고 변론해 봐야 그건 변호사로서 당연히 해야만 하는 말이라 파급력이 없을 거다.

"무고죄로 엮어 버릴까요?"

"무고라…… 애매하죠. 사실 성범죄에서 99.99%는 무고죄가 따라옵니다. 저희가 무고죄를 걸었다고 해서 저희가 억울하다고 믿는 사람은 없을 겁니다."

"아아."

"더군다나 나중에 무고가 인정받는다고 해도 아까 말했다시피 사회적인 여론재판은 이미 끝난 상황일 겁니다."

그때는 재판에서 이긴 게 더는 중요하지 않다. 도리어 그 시점에서 사람들은 아마도 '돈으로 사건을 덮었다.'라고 생각할 거다.

"그러면 어떻게 하죠? 그 동성 간 성범죄를 저지른 것에 대해 떠들고 다니는 놈들을 명예훼손으로 고소라도 해야 하나요?"

"아뇨. 그래 봐야 도리어 사람들의 입을 막는다고 생각할 겁니다. 실제로 그런 행동은 역으로 팬층을 자극할 뿐이고요."

"그러면……."

"하아…… 미치겠네, 이놈의 유죄 추정의 원칙."

노형진은 그 말에 쓰게 웃었다.

검찰이나 경찰만 유죄 추정의 원칙을 쓰는 게 아니다. 심지어 일반인도 유죄 추정의 원칙을 적용한다. 그게 인간이다.

말로는 중립을 지킨다고 하지만 사실 거의 대부분의 사건에서 중립이라는 건 인터넷의 밈처럼 차를 사이드만 건 채로 비탈길에 세워 둔 상태라고 봐야 한다.

즉, 그게 풀리는 순간 무서운 속력으로 아래로 굴러떨어져 버리는 거다.

그에 반해 그걸 역으로 뒤집기 위해서는 차량 자체가 시동을 걸고 스스로 후진하거나 누군가가 고리를 걸고 강제로 끌어올려야 한다. 당연하게도 그건 쉽지 않다.

"이 사건에서 스스로 후진하려면 템페스트가 '저희가 잘못했습니다. 저희가 소송을 위해 거짓말했습니다.'라고 고백해야 하는데 그건 불가능할 테고요. 결국 남은 건 하나뿐이군요, 누군가가 고리를 걸고 뒤로 끌어당기는 거."

"그런데 어떻게 그 고리를 걸고 당기죠?"

이쪽에서 고리를 걸고 당긴다는 행위 자체는 가능하지만 그걸 후진시키는 것은 전혀 다른 문제다.

"민도영 사장님이 도와주셨던 연예인들이 나서서 진술해 주면 그나마 좀 좋은 이미지가 생길 수도 있겠지만……."

"그건 쉽지 않을 겁니다. 지금 같은 상황에서는 좌표가 찍혀요."

지금 이미지가 좋은 사람이라고 해도 까딱 잘못해서 민도영 사장을 위해 '그럴 분이 아니다.'라고 말해 버리는 순간 그 이미지가 망가질 거다.

"그리고 민도영 사장님이라면 그런 걸 반대하실 텐데요?"

"하긴, 그건 그래요. 혼자 망하면 망했지, 다른 사람의 인생을 엮어서 끌고 다니는 타입은 아니시죠."

"그러니까 고리를 다른 방법으로 걸어야 합니다."

"어떻게요?"

"일단 고리와 와이어 그리고 그걸 당길 견인 장치가 필요하겠군요."

노형진은 한참의 시간을 들여서 고민했다.

고리라는 것. 즉, 누군가가 믿음을 보여 주는 것.

그건 생각보다 큰 문제였다. 그리고 다행히도 그에 맞는 적당한 방법이 있었다.

"그건 드림 로펌에서 맡기로 하죠."

"네?"

노형진의 말에 순간 고연미는 자신의 귀를 의심했다.

"저기, 이해가 안 가는데요?"

"네? 왜요?"

"드림 로펌은 미국의 로펌이잖아요? 그런데 왜 한국의 사건에 관여해요? 애초에 한국에는 아무런 권한도 없는데요?"

한국의 로펌이 새론이 미국에서 아무런 힘도 쓰지 못하듯, 이 미국의 드림 로펌 역시 한국에서 아무런 힘도 쓰지 못한다. 그랬기에 당연히 드림 로펌의 존재는 진짜 뜬금없는 것이었다.

"아…… 그러네요. 고 변호사님은 미국법에 대해 잘 모르시니까."

"법률문제인가요?"

"네, 미국법은 기획 소송이 합법이거든요."

"미국은 기획 소송이 합법이라니요? 한국도 기획 소송 하지 않아요? 저희 새론만 해도 기획 소송을 가장 많이 하는 로펌 중 하나잖아요?"

노형진은 그 말에 머리를 긁적거렸다. 그게 틀린 말은 아니다. 하지만…….

"미국의 기획 소송과 한국의 기획 소송은 좀 많이 달라요."

"어떻게요?"

"한국의 기획 소송은 말 그대로 소송이죠."

모든 준비를 다 한 상태에서 피해자를 설득하고 그 자료를 기반으로 소송한다. 그리고 소송에서 승리해서 수임료와 승소 비용을 받아 내는 것이 한국의 기본적인 기획 소송의 방식이다.

"그렇죠?"

"하지만 미국은 그게 아니에요. 미국은 아예 기획 소송 단계에서 투자적 개념이 법적으로 가능합니다."

"투자적 개념?"

"네, '이 소송에서 이긴다면 수익의 20%를 받겠습니다.' 같은 거죠."

"그게 보통 승소 비용이잖아요?"

"좀 다릅니다."

일단 한국의 승소 비용은 그렇게 많지 않다. 보통은 10% 내외다.

그러나 미국의 기획 소송은 아예 투자 개념이기에 그보다 더 높여서 받을 수 있다.

"돈을 받는다는 행위 자체는 비슷하지만 결과 이후에 판단이 달라지는 거죠."

"여전히 이해가 안 되는데요. 결국 돈을 받는 건데요?"

"음…… 하긴, 이긴 걸 기준으로 하면 애매하기는 하죠. 하지만 지는 걸 기준으로 하면 이야기가 많이 달라집니다."

"어째서요?"

"이겼다고 치죠. 그러면 똑같이 돈을 받습니다. 하지만 질 때는 달라지죠."

한국에서 기획 소송을 하면, 그리고 그 소송에서 패배하면 기획 소송을 한 로펌에서 '죄송합니다. 졌습니다.'라면서 물러날까?

아니다. 돈을 달라고 우기기 시작한다.

왜냐, 비록 재판에서는 졌지만 소송 자체는 진행되었고 그 과정에서 자신들에게 수임한 건 사실이기에, 승소 비용 자체는 청구하지 못해도 수임료 자체는 청구할 수 있기 때문이다.

"아주 극히 드물기는 하지만 아예 없는 사례는 아니죠."

애초에 이 기획 소송 단계에서 상대방을 설득해서 소송에 들어가기 위해 충분한 자료와 증거를 확보해 두기 때문에 보통 재판에서 지지는 않는다.

그리고 상대방 입장에서도 갑자기 후려 맞은 거라 일반적으로는 제대로 방어하기가 힘들다.

"하지만 변호사의 실력은 또 다른 문제거든요."

똑같이 증거를 쥐고 있어도 변호사의 실력이 개판이라면, 그리고 상대방이 혹시 모를 사태에 대비해서 미리 준비해 뒀다면 때때로 이쪽에서 먼저 건 기획 소송에서도 지는 경우가 있다.

"한국에서 기획 소송이 알음알음 퍼지는 이유 중 하나가 바로 그거죠."

진다고 해도 결국은 수임료 자체는 받을 수 있다는 것.

그러니까 로펌 입장에서는 성공하면 대박, 실패해도 중박인 경우가 많다.

"그래서 한국에서는 기획 소송을 적잖이 합니다. 물론 변호사회에서 공식적으로 인정하진 않습니다만."

애초에 변호사회에서 모른 척하는 변호사의 불법행위는 그것만이 아니다.

"그에 비해 미국은 말 그대로 투자의 개념입니다. 그래서 소송에서 지면 땡전 한 푼 못 받습니다."

"아!"

만일 소송에서 진다면? 당연하게도 한국과는 달리 수임료 자체도 건지지 못한다.

“게다가 수임료만 건지지 못하는 게 아니에요. 만일 그 재판에서 불법적인 영역이 있었다면 그에 대한 손해배상 책임도 같이 집니다.”

“아, 그러겠네요. 투자니까.”

“네.”

“하지만 그러면 너무 위험한 거 아니에요? 제가 아는 한 그런 위험한 투자를 변호사가 하지는 않을 텐데요?”

“맞습니다. 보통은 미국 내 로펌에서 하는 편이죠.”

왜냐하면 아무리 변호사가 버는 돈이 많다고 해도 미국에서 소송의 비용은 절대 작은 규모가 아니기 때문이다.

더군다나 그런 기획소송의 경우는 애초에 소송 단계에서 최대한의 수익을 내기 위해 대상을 정할 수밖에 없는데, 그 말은 상대방이 기업이거나 엄청난 자본가인 경우가 대부분이라는 소리다.

“네, 실제로 미국 내에서 이런 기획 소송은 총력전이죠.”

그리고 그런 경우에 고용한 변호사가 자기네 로펌의 변호사라는 이유로 수임료를 주지 않는 건 불법이다.

왜냐하면 변호사는 부하가 아니라 일종의 산하에서 함께 일하는 동료로 봐야 하기 때문이다.

그렇기에 수임료를 반드시 챙겨 주어야 하며, 그와 별개로 고용 비용도 줘야 한다. 그렇다 보니 소송의 결과와 별개로 막대한 돈이 나간다.

"그렇기에 보통 한정된 경우에만 가능하죠."

"어떤 식으로요?"

"단순히 수십만 달러 정도가 아니라 거의 수백만에서 수천만에 달하는 징벌적 손해배상이 가능할 때요. 그래서 미국에서는 기획 소송 자체가 그렇게 많지 않은 겁니다."

총력전에 모든 걸 거는 경우가 많으니까.

"징벌적 손해배상이라……. 이번 사건에서 그게 가능한 거예요?"

"네, 그래서 제가 드림 로펌을 언급한 겁니다."

노형진은 그렇게 말하면서 투자 계약서의 한 부분을 지적했다.

"위 계약에 관하여 법적인 분쟁이 발생하는 경우 그 소송 장소는 뉴욕 법원으로 한다."

"아……."

그 말은 징벌적 손해배상 역시 미국 법원, 그것도 뉴욕 법원으로 해야 한다는 뜻이다.

"그리고 뉴욕에는 드림 로펌의 지점이 있죠."

드림 로펌은 미국 전역에 지점이 있는데, 본사는 미국의 수도인 워싱턴에 있고 미국 뉴욕 지점은 미국 전역에서 2위의 수익률을 자랑하는 로펌이다.

"사실 뉴욕에서 가장 빵빵한 로펌은 죄다 거기에 몰려 있을 겁니다. 하다못해 지점이라도 있겠죠. 그리고 아마 퍼펙트는 그걸 노렸을 겁니다."

"어째서요?"

"민도영 씨가 미국에서 로펌을 고용하는 건 불가능할 테니까요."

계약서에 대놓고 '뉴욕 법원에서 소송한다.'라고 못 박아놨으니 당연하게도 그와 관련된 소송을 하기 위해서는 미국으로 가야 한다.

"미국의 변호사비는 비쌉니다. 하물며 대상이 퍼펙트입니다. 변호사 비용이 얼마나 나올까요?"

"그거야…… 그러겠네요. 못해도 수십억은 나오겠네요."

"네, 지금 당장 수천만 원도 없어서 쩔쩔매는 민도영 씨와 오션엔터테인먼트가 과연 미국에서 제대로 된 변호사를 고용할 수 있을까요?"

물론 아끼려고 한다면 개인 활동하는 변호사를 고용할 수는 있다. 하지만 그것도 억 단위는 우습게 넘길 거다.

그리고 어떻게 고용했다고 쳐도 이길 수 있을까, 개인이? 그것도 미국의 음악 기업에서 3위인 기업을?

"심지어 미국은 로비가 합법이지요."

물론 법적으로는 법관에 대한 로비는 불법이다. 하지만 그렇다고 법관에 대한 로비가 없다고 믿는 멍청한 놈들은 권력에 접근도 못 한다.

"거기다 한국에서 온 코딱지만 한 기업과 미국의 3위 기업. 애초에 싸울 의미가 없겠네요."

"그렇죠."

민도영은 미국에서 100% 질 테고, 당연히 소송비용을 청구당할 거다.

그것만 해도 작게는 수십만 달러는 될 테고, 최악의 경우 수백만 달러가 될 수도 있다.

"뭘 해도…… 민도영은 죽는군요."

"확실하게요."

"지독하네요."

애초부터 민도영을 자살시키기 위해 모든 게 설계되었다는 사실에 고연미는 부르르 몸을 떨었다.

"하지만 징벌적 배상으로 물고 늘어지면 이야기가 달라지죠."

"드림 로펌에서 확실하게 물고 늘어질 수 있다는 거군요."

"맞습니다. 드림 로펌이 기획 소송에서 이기면 배상금이 얼마나 되겠습니까?"

"글쎄요? 제가 미국 재판에 대해서는 잘 모르니까……."

"못해도 3천만 달러 이상은 나올 겁니다. 잘만 하면 5천만 달러 정도 나오겠죠."

"네? 그렇게까지 나온다고요?"

"미국에서 징벌적 손해배상이라는 건 단순히 돈만 많이 주는 개념이 아닙니다."

기업에 명백하게 타격이 갈 정도로 큰 배상금을 내리는 게 바로 징벌적 배상 제도다.

"그리고 징벌적 배상 제도의 특징은 두 가지입니다. 단순히 돈을 많이 배상한다는 것을 빼고요."

"뭔데요?"

"첫째, 그 행동이 자본주의적 규칙을 심각하게 침탈하면 그 배상금이 엄청나게 커집니다."

징벌적 배상이라는 제도가 생긴 이유는 간단하다. 돈만 있으면 범죄를 저지를 때마다 처벌받지 않을 수 있기 때문이다.

그나마 개인이 한다면 그놈을 감옥에 처넣을 수 있다. 하지만 그 범죄 집단이 기업이라면?

실제로 그런 이유로 기업이 관련되어 있으면 징벌적 손해배상이 기업만의 해당 사항은 아닌데도 불구하고 그 배상액이 엄청나게 뛴다.

"당장 한국만 봐도 아시잖습니까?"

"하긴, 그건 그러네요."

한국의 기업은 뭔 짓을 해도 바뀌지 않는다. 왜냐, 처벌을 받지 않으니까.

산재가 발생했다? 그런데 정부에서 할 수 있는 건 일정 기간의 조업정지가 전부다. 당사자이자 안전장치를 책임져야 하는 일정 급수 이상의 회장이나 이사급에는 손도 못 댄다.

기껏해야 과장급이 책임지고 교도소에 갈 뿐 기업은 약간의 벌금만 내고 땡.

그렇다 보니 기업은 계산기를 두들겨서 안전장치 설치 비용보다 배상금이 더 싸다 싶으면 1년에 몇 명이 죽든 그냥 두는 거다.

조업정지? 찾아온 조사관에게 돈만 좀 두둑하게 쥐여 주면 절대 떨어지지 않는다.

실제로 건축 중인 건물이 붕괴되어 사람이 죽어도, 그래서 언론에서 국회의원이 나와서 무슨 수를 써서라도 자격증을 정지시키겠다고 확언한 기업조차도 결과는 벌금 조금 내는 것이었다.

"미국이라고 그걸 모르겠습니까?"

도리어 극단적 자본주의 국가이기에 그 짓거리를 가장 먼저 시작했고, 그랬기에 징벌적 손해배상이 생긴 거다.

"미국 최대의 물류 기업도 그래서 꼬리를 만 거죠."

"아, 그 사건이요?"

"네."

미국의 한 물류 기업이 에어컨은커녕 최소한의 휴게실조차도 설치하지 않는 바람에 매년 열사병으로 수많은 사망자를 낸 사건이 있었다.

매년 20년 내외로 열기로 사망하는 걸 기준으로 계산했을 때 혹서기에 불상사가 일어나는 걸 방지하기 위해 에어컨 등을 설치하는 데에 돈을 쓰는 것보다 배상금을 주는 게 훨씬 싸다고 판단한 것이 그 원인이었다.

당연하게도 사건 발생 후 정부와 법원에서 징벌적 손해배상을 적용했고, 기업은 다급하게 에어컨을 설치했다.

왜냐하면 징벌적 손해배상은 기본적으로 한 번뿐이지만 그 사실을 알면서도 실행하지 않을 경우 배상액이 가중되기 때문이다.

혹서기 장비 부족으로 징벌적 손해배상을 받아서 100억을 배상해 줬는데도 여전히 조치를 취하지 않아 사망자가 또 발생한다고 가정하자.

그때는 100억이 아니라 500억, 1천억으로 배상금이 미친 듯이 늘어나기 시작한다. 그 사실을 알기에 해당 기업이 다급하게 혹서기 장비를 배치한 거다.

"그리고 둘째는, 기업이 얼마나 관여했는지에 따라 배상금이 바뀌는 겁니다."

만일 뭔가를 만들고 파는 과정에서 문제가 생겼다는 걸 알았으나 그 사실을 감추고 파는 것과 팔기 직전 문제가 있는 걸 알아챘지만 정치적 이유로 파는 것, 그리고 아예 처음부터 계획적으로 오류를 만들어서 파는 것은 각각의 배상금이 전혀 다를 수밖에 없다.

"이번 사건은 처음부터 설계한 거잖아요?"

"맞습니다. 아예 처음부터 설계한 거죠. 그러니 징벌적 배상이 시도된다면 상당한 배상이 나올 겁니다."

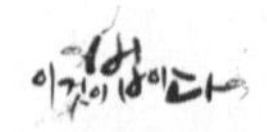

실제로 1천억 이상의 배상이 나올 가능성도 무시 못 한다.
왜냐, 모르는 게 아니라 아예 처음부터 알고 설계한 거니까.
"도대체 왜 퍼펙트에서 이 짓을 한 건지 모르겠네요."
"민도영 씨와 오션엔터테인먼트가 저항하지 못할 거라고 생각한 거겠지요."
재판하다 보면 명백하게 이길 수밖에 없는 입장인데도 실제로는 패소하는 경우가 많은데, 그 원인이 대부분 이기는 쪽이 기나긴 소송과 압박을 버티지 못하기 때문이다.
"그리고 다른 곳도 아닌 퍼펙트니까요."
"네?"
"기회가 있는 것과 기회가 없는 것은 그 의미가 전혀 다르거든요."
"그게 무슨 말씀이시죠?"
"한국은 한류로 전 세계에 강력한 영향을 미치고 있습니다. 문제는 그 한류를 통해 해외에 진출하기 위해서는 해외 활동 기업이 필수적이라는 거죠."
"그렇죠?"
"그런데 만일 오션엔터테인먼트가 퍼펙트와의 소송을 통해 사이가 틀어진다면 어떻게 될까요?"
"아…… 그렇겠네요?"
당연하게도 오션엔터테인먼트는 해외 활동에 엄청난 피해를 입게 될 거다.

"물론 최초의 목적은 국내 활동이니 국내 활동이 성공하면 해외 활동을 하는 거겠죠."

그런데 해외 활동을 못 한다? 당연히 재능 있는 사람들은 민도영의 오션엔터테인먼트에서 일하지 않으려고 할 거다.

해외 진출의 가능성이 있는 것과 전혀 없는 건 아예 의미가 다르니까.

"더군다나 그런 경우에는 다시 한번 템퍼링을 하기도 쉽죠."

"확실히, 민도영 씨가 실력이 없는 건 아니니까요."

민도영이 실력이 없는 것은 아니다. 정말로 없었다면 아예 시장에서 반응이 없었을 테니까.

그러니 다시 한번 새로운 그룹을 키워 낼 수 있을 것이다.

그런데 만일 그 그룹의 실력이 괜찮다?

그러면 다시 접근해서 살살 꼬드기면 된다.

미국으로 가자. 한국에서 푼돈을 만지면서 살 거냐. 미국 가면 한 방에 뜬다.

그렇게 꼬드기는데 과연 대부분의 어린 가수들이 안 넘어올까?

게다가 부모들이 거기에 혹해서 넘어오면 그때부터는 일사천리다. 부모가 나서서 설득하는데 자식들이 반항하지는 못할 테니까.

"아, 그렇겠네요."

"그러니까 현실적으로 보면 오션엔터테인먼트는 망할 수

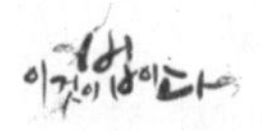

밖에 없죠."

그리고 민도영 역시 사회적으로 매장당할 테니까 아마도 자살할 가능성이 크다.

"그렇게 되면 손해배상의 주체가 사라지니까……."

"잠깐, 그 말은 오션이 망해도 공격이 계속될 수도 있다는 소리잖아요?"

"맞습니다. 사실 저는 그럴 거라고 생각합니다."

노형진은 그렇게 말하면서 계약서 사본을 툭툭 쳤다.

"보세요. 배상금이 30억입니다. 투자금을 돌려주고도 배상해야 할 금액이 30억인데 과연 민도영이 갚을 수 있을까요? 더군다나 변제 주체가 오션이 아니라 민도영 씨예요. 이러면 회사가 파산해도 민도영 씨 개인이 평생을 갚아야 한다는 거죠."

당연히 못 갚을 거다.

"그러면 파산해 버리거나……."

"물론 그럴 수도 있죠. 하지만 그걸 퍼펙트가 원하지는 않을 텐데요."

"음……."

확실히 퍼펙트 정도면, 아니 그 아래 윈드스톰만 해도 한국에서 판사에게 뇌물을 주는 건 딱히 어려운 일도 아니니 그 정도면 충분히 파산 허가를 막을 수 있다.

"그리고 그런 경우, 다른 조직을 이용할 수도 있죠."

"다른 조직이요?"

"아시잖습니까, 엔터 업계에서 폭력 조직 자금이 많이 빠진 건 사실이지만 아예 사라진 건 아니라는 거."

"끄응…… 그건 그렇죠."

더군다나 그것 말고도 돈을 받아 내기 위해 불법적인 행동을 하는 조직은 많다. 그들에게 채권을 넘겨주면 악착같이 받아 내려고 할 테니 당연히 그 과정에서 상대방을 죽도록 괴롭힐 거다.

"아니, 어쩌면 진짜 죽여 달라고 할지도 모르죠."

실제로 사람을 피 말려서 죽음에 몰아넣는 건 어려운 일이 아니다. 채권 추심에 관련된 법이 있지만 그 법을 지키지 않아도 처벌은 그리 강하지 않으니까.

"더군다나 민도영 씨는 착한 분이죠."

"네, 그리고 그런 분들은 자살 확률이 엄청나게 높죠."

주변 사람들이 고통 받는 걸 두 눈으로 봐야 하는 당사자 입장에서는 미치고 팔짝 뛸 거다. 자신의 가족이, 자신의 자녀가 고통 받는데 그 누가 맘이 편하겠는가?

"지금 당장만 해도 그렇죠."

아직 소송도 진행하지 않았는데 공황장애가 올 정도로 약해진 시점에서 조금만 괴롭히면 자살을 선택할 가능성이 아주 높다.

노형진의 설명을 들은 고연미의 표정이 심각해졌다.

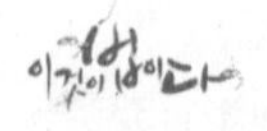

"무시할 수는 없군요."
"그러니까 그러지 못하게 막아야 합니다."
"그러면 고리를 건다는 게……?"
"네, 드림 로펌에서 징벌적 손해배상으로 소송을 거는 거죠."
드림 로펌에서 징벌적 손배해상으로 소송을 걸면 대번에 사람들의 시선은 템페스트와 퍼펙트 그리고 윈드스톰으로 향할 거다.
템퍼링에서 가장 부담스러운 건 바로 사람들의 관심이다.
"그러면 그 고리를 당기는 견인줄은?"
"당연히 돈이죠. 그것도 막대한 돈."
징벌적 손해배상으로 청구하는 금액이 얼마나 될지는 모르지만 아마 그 순간부터 사람들의 진실이라는 가치는 돈으로 치환될 거다.
"금액이 클수록 민도영 씨와 오션엔터테인먼트가 유리해지겠죠."
"확실히, 그럴 가능성이 크군요."
징벌적 손해배상이라고 하고 투자라고 하지만 어떻게 보면 그냥 도박일 뿐이다. 성공하면 막대한 돈을 벌 수 있지만, 반대로 실패하면 막대한 돈을 토해 내야 한다.
"사람들은 돈이 걸려 있으면 확실히 판단이 신중해지죠."
"네, 맞습니다."
드림에서 징벌적 손해배상으로 소송을 걸었다. 그리고 그게 템퍼링이다.

그러면 사람들은 뭐라고 생각할까?

드림이 미쳤다? 아니면 드림이 돈이 썩어 문드러져서 돈 버리려고 저런다?

그도 아니면, 드림이 부패해서 민도영과 오션엔터테인먼트를 편들어 주려고 한다?

"그럴 리는 없겠네요."

자비로 도박하는데 자기가 지는 패에 거는 놈은 없다. 심지어 한국도 아닌 미국 기업인데 한국에 있는 사람을 보고 도박을 건다?

"중립적인 포지션은 유지할 수 있겠네요."

"네, 그렇게 될 겁니다."

"그래도 그걸로 여론재판이 가능할까요?"

"아, 물론 그것만으로는 살짝 애매하죠."

"그죠?"

현실적으로 보면 드림 로펌은 미국의 기업이니 미국에서 뭘 하든 한국과 상관없다.

"그런데 망하는 쪽에 베팅한다면 어떻게 될까요?"

"망하는 쪽?"

"퍼펙트의 상황이 좋다고는 말할 수 없습니다."

분명 미국 3위의 기업이다. 그런데 거기에는 '아직까지는'이라는 조건이 붙는다. 현시점에서 퍼펙트는 빠르게 무너지고 있다. 음악적 감성도 올드하고 홍보도 다른 상위 2개사보다 약하다.

"가수뿐만이 아니라 작곡가와 프로듀서도 이탈하는 분위기죠."

"어째서요? 이해가 되지 않는데요. 그래도 3위의 메리트가 장난이 아니잖아요."

"사장이 음악의 '음' 자도 모르거든요. 기업이 망하는 가장 큰 이유 중 하나죠."

"아아~."

기업은 시스템을 기반으로 굴러간다. 그러니 그 시스템만 제대로 만들어 두면 충분히 운영된다.

하지만 어떤 업종은 시스템이 아닌 천재적인 영감이 필요하다.

예를 들어 음악이 그렇다. 시스템을 기반으로 백 명이 만들어 내는 수익이 천재 한 명이 만들어 내는 수익을 이기지 못하는 게 현실.

"그런데 아시겠지만 자본가들은 다르게 생각하거든요."

내가 이걸 제공하면 100% 소비할 거다.

그렇게 생각하는 사람들이 생각보다 많고, 실제로 그런 사람들은 음악적 이해가 가능한 사람이 아닌 전문 경영인을 고용한다.

"하긴, 그래서 망한 곳이 한둘이 아니죠."

그렇게 전문 경영인을 고용하는 거? 나쁘지 않다.

그런데 전문 경영인은 경영 효율화를 하느라 경영하는 데에 돈을 아끼는 게 문제다.

막말로 '야, 밖에 프로듀서가 굴러다는데 무슨 저따위 인간한테 300만 달러씩이나 주냐?'라며 의문을 드러내는 상황이 실제로 벌어진다는 거다.

"그리고 퍼펙트가 딱 그 꼴이 났죠."

더군다나 미국은 한국과 다르게 겸손이 미덕도 아니고 300만 달러씩 받는 프로듀서가 자기 가치를 모를 리 없다.

당연하게도 그런 행동에 빡친 사람은 나가 버린다.

천재가 사라진 자리를 채우는 방법은 다른 천재가 채우는 것뿐이다.

문제는 그게 성공하면 돈도 아끼고 새로운 천재도 발굴해서 참 좋겠지만, 그러지 못한 경우에는 고만고만한 수준의 무난한 음악만 나오게 된다는 거다.

"거기다가 제작자의 파워도 무시 못 하니까요."

프로듀서가 경험도 많고 성공한 작품도 많다면 뭔가 준비할 때 '이건 아닙니다.'라고 당당하게 의견을 말할 수 있겠지만, 그게 아니라면?

당연히 다른 기업처럼 '이것보다는 저 노래가 좋다.'라는 말에 그저 '네.' 하고 따라가는 수밖에 없다는 거다.

"그래서 퍼펙트는 상당히 고루해지고, 그래서 음악도 다

채롭지 않아졌죠."

기업을 이끌어 가던 천재는 사라졌고, 그 자리에 채워진 사람은 힘이 없어서 위에서 시키는 대로만 결정하니까.

"그래서 퍼펙트가 아직은 3위라고 한 거군요."

"네, 그리고 그게 이번 템페스트 템퍼링 사태의 핵심이고요."

미국 내에서 천재를 데려올 수는 없으니 해외에서 팔리는 애들을 데려오자.

틀린 판단은 아니다. 하지만 극동의 쪼그만 나라인 한국의 제작사와 수익을 나눠 먹는 게 극도로 아까웠던 퍼펙트는, 결과적으로 템퍼링을 통해 가수를 조용히 빼앗으려고 한 것이다.

"그런 3위 기업이 망하는 쪽에 베팅한다고요?"

"네, 마이스터를 통해 공매도를 걸어 버리는 겁니다."

"아!"

징벌적 손해배상으로 한 번, 그리고 그게 이긴다는 점을 감안해서 공매도로 한 번 걸어 버리면 퍼펙트는 사실상 와해되는 수준으로 두들겨 맞을 수밖에 없다.

"그러면 다들 퍼펙트를 의심할 수밖에 없겠네요."

"네, 충분히 견인이 되는 거죠."

드림 로펌이 고리라면 그걸 견인하는 줄은 바로 마이스터라는 것.

"남은 건 이제 견인 장치 하나뿐이군요."

그것만 제대로 완성된다면 여론은 질질 끌려와서 자연스럽게 퍼펙트에 적대적인 태도를 취하게 될 거다.

"물론 끌어올리려면 일단 한국에서 시동을 걸어야지요."

"어떻게요?"

"다른 기업들에 부탁해 봐야지요."

"하기야, 윈드스톰이라는 한국 기업이 이 모든 작업을 해 주고 있으니까. 하지만 그들이 싸워 줄까요?"

노형진의 말에 고연미는 떨떠름하게 말했다.

"절대 싸워 주지 않을 텐데요?"

엔터테인먼트조합이라는 단체가 있고 그 외에도 엔터테인먼트 관련 기업들이 다수 있지만, 그들이 하나가 돼서 싸운 경우는 드물다.

연관협에서 이권과 관련해서 이를 드러내면서 싸운 적이 없는 것은 아니지만 정작 이 문제는 건드린 적이 없다.

"아, 그러고 보니 이해가 안 가네요. 이 템퍼링 문제가 엄청 심하다면서요? 그런데 왜 지금까지 해결되지 않은 겁니까?"

상식적으로 이렇게 문제가 심각했다면 진즉에 다 같이 손잡고 문제를 해결해야 했다. 이야기를 들어 보니 심한 경우 서너 번씩 당하는 경우도 있다니까.

특히나 작은 곳은 좀 성공했다 싶으면 나중에 가서 이빨을 드러내는 놈들이 한둘이 아니라고 한다.

후안무치하고 배은망덕한 놈들이지만, 정작 거기에 걸리

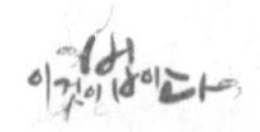

면 회사 자체가 망하는 경우가 많아서 대부분 소송까지 가 보지도 못하고 풀어 준다고 한다.

일이 터지면 어차피 이쪽과는 일하지 않을 테고, 언론 플레이 하고 소송하면 회사 이미지가 안 좋아져서 아예 차기 연예인을 키우거나 연습생을 받는 데 심각한 문제가 생기다 보니 결과적으로 어쩔 수 없이 포기하고 풀어 주는 경우가 많다고.

"그게 말이죠, 템퍼링을 하는 놈들은 갑이거든요."

"갑?"

"네."

고연미의 말에 따르면 템퍼링을 하는 놈들은 회사가 크든, 아니면 그 배경이 엄청나든 소송을 버틸 만한 능력이 되기 때문에 엔터 업계에서 주도권을 꽉 잡고 있어서 템퍼링을 막으려고 하지 않는단다.

"실제로 말이죠, 연예인이 필요 없지만 템퍼링 하는 경우도 많아요."

"네? 어째서요?"

"경쟁자의 제거죠."

가령 자신이 데리고 있는 배우와 포지션이 겹치는 배우가 중소 기획사에 있다?

그러면 계속 경쟁하면서 배역을 가지고 싸우기보다는 그 배우를 데려오려고 템퍼링을 시도한다. 그리고 그게 성공해서 배우가 이쪽으로 넘어오면 그때부터 제거 작업에 들어가는 거다.

"커리어에 관한 모든 권한을 템퍼링을 한 쪽에서 쥐고 있는 거죠."

"아하~."

그때부터는 철저하게 버려진다. 오디션 기회도 주지 않을 뿐더러 아예 활동도 시키지 않는다. 그러나 배우 입장에서는 자기 전 소속사의 등짝에 칼을 찔러 넣고 나왔으니 돌아갈 수도 없다.

템퍼링을 한 기획사에 칼을 찔러 넣는 거? 물론 가능하다.

하지만 보통 템퍼링을 하는 놈들은 소속사와 상관없이 힘을 가진 놈들이기에 결과적으로 저항이라는 것 자체가 불가능하다. 도리어 배우가 다시 나가려고 하면 그걸 핑계 삼아 아예 업계에서 매장시켜 버린다.

"그러면 결과적으로 날아가 버리는 거군요."

"네, 템퍼링이 기업에만 적용되는 게 아니에요."

자기네 연예인과 포지션이 겹치거나 해서 날려 버리는 것도 가능하다.

"특히 그룹 활동을 하는 경우는 멤버들이 갈라지면 자연스럽게 팬덤도 갈라지거든요."

그러면 경쟁에서 유리한 게 당연한 일.

"그래서 거대 기업은 템퍼링을 막는 데 관심이 없고, 작은

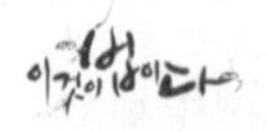

곳은 막을 힘이 없죠."

고연미의 설명을 들은 노형진은 결심이 선 듯 밝은 얼굴로 입을 열었다.

"그렇다면 제 계획대로 마음 편하게 해야겠네요."

"네? 어떻게 하시려고요?"

"어떻게 하긴요."

노형진은 어깨를 으쓱하며 말했다.

"합법이라는데 합법적으로 돈 벌어 봐야죠, 후후후."

착한 거지, 호구가 아니야

엄밀하게 말하면 템퍼링은 합법이 아니다.

분명히 엔터테인먼트 규약에 계약이 종료되기 전 일정 기간 이내에는 소속된 연예인에게 접근하는 걸 금지한다고 명시되어 있다.

하지만 그걸 아는 연예인이 타 소속사에서 접근한 것을 신고하지 않으면 애초에 템퍼링은 막을 수가 없다. 그렇다 보니 사실상 유명무실한 경우가 대부분이다.

그렇기에 노형진은 법을 바꿔야 할 필요가 있었다. 아무리 노력해도 법을 바꾸지 않으면 이 템퍼링은 근절되지 않으니까.

"그러니까 우리가 해야 할 것은 템퍼링에 대한 수익 분배 조건을 다는 것입니다."

노형진의 말에 엔터테인먼트조합의 사람들이 하나같이 의아한 표정으로 그를 쳐다보았다.

"수익 분배라는 게 뭔 소리입니까?"

"만일 소속사에 대해 명확한 이유나 범죄의 증명 없이 무단으로 이탈하거나 타 소속사로 이적하는 경우 버는 돈의 80%를 원래 계약 기간 동안 원 소속사에 지급한다는 거지요."

"그건 너무 가혹한 거 아니오?"

"가혹한 건 아니죠. 애초에 템퍼링을 통해 돈을 빼돌리려 한다면 그 정도는 각오해야지요."

"아니, 아무리 그래도 그건 아니지. 연예인 입장에서도 그런 조건은 받아들이지 않지."

"아, 오해하셨군요. 연예인이 버는 돈이라고는 안 했습니다."

"그러면?"

"총수입의 80%라는 겁니다."

그 말에 노형진의 말을 듣던 몇몇 사람들의 얼굴이 굳어졌다.

'그러겠지.'

여기에 있는 일부가 템퍼링을 통해 중소기업사들에서 연예인을 빼 간 인물들이라는 걸, 노형진은 이미 알고 있었다.

규모가 크고 실력이 있으니 실력이 빵빵한 연예인들에 대해 잘 알고 있어서, 그중 누군가에게서 싹수가 보인다거나 하면 그대로 빼돌리거나 속임수로 몰락시켰던 것.

'그런데 이 80%라는 수치는 말도 안 되는 거거든.'

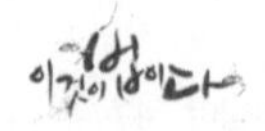

만일 수익의 80%를 기존 회사에 준다면 데려간 회사는 애초에 수익이 마이너스일 수밖에 없다.

연예인? 연예인은 어지간히 성공한 연예인이 아닌 이상 생활고로 찡찡거리면서 살아야 한다.

단순한 법이지만 효과적인 템퍼링 방지 방법이다.

'물론 이 법이 통과될 가능성은 거의 없지만.'

미국과 다르게 민법적인 처벌을 허락하지 않는 한국의 법의 특성상 아마도 잘해 봐야 50%의 수익을 분배하는 정도로 그칠 거다. 그 정도면 소속사도 데뷔를 위한 연습이나 투자비를 회수할 수 있고, 어차피 연예인은 자기가 움직여서 돈 버는 거니까 확실하게 수익을 보장받을 수 있다.

다만 그 활동비를 투자해야 하는 새로운 소속사 입장에서는 상당히 애매하기는 하겠지만 말이다.

"하지만 불법적인 행동으로 고통 받는 사람들을 굳이……."

"그러니까 제가 말씀드렸잖습니까? 아무런 이유도 없이 떠나는 사람들 대상으로 해야 한다고요. 예를 들어 착취당했다거나 성적으로 잘못된 대우를 받았다거나 하는 식으로 말도 안 되는 피해를 입었다면 당연히 이 법이 적용돼서는 안 되죠."

하지만 그런 피해를 입지 않았는데도 무단으로 이탈하거나 이적한다면 당연히 이 법에 따라 수익을 나눠야 한다는 거다.

"그건 좀……."

"왜요? 문제가 됩니까? 저는 문제가 안 될 것 같은데요?"

어차피 템퍼링을 통해 이탈할 때 가장 많이 쓰는 방법이 기존 회사에 대한 불법적인 행동이다. 당연하게도 그러한 행동으로 인해 이탈할 때는 100% 형사적 고소와 민사적 소송을 함께 걸어 버린다.

"그러니까 법원에서 판결을 받으면 됩니다."

"아니, 그러기가 좀 그렇다니까요. 연예인들은 사회적 약자인데."

'지랄 났네.'

물론 성공하지 못한 무명이나 연습생은 사회적 약자가 맞다. 하지만 템퍼링의 대상이 될 정도로 성공한 대상은 아무리 좋게 말해도 사회적 약자라고 볼 수가 없다.

'아무래도 자기들이 템퍼링을 못 하니까 문제가 되겠지.'

만일 여기서 이 법이 통과되면 어떻게 될까? 막대한 금전적인 피해를 입을까?

아니다. 사실 이 법의 무서운 점은 돈이 아니다. 왜냐, 성공 가능성이 있는 연예인이라면 그걸 감수하고서라도 데려가는 게 더 이득이기 때문이다.

이 사람이 미래에 100억을 벌지 1천억을 벌지 모르니 1천억을 벌 가능성이 있는 인재라면 그 피해를 감수하고도 데려갈 만하다.

문제는 돈이 아니라 돈을 주는 그 행위 자체다.

법원의 판결을 받아서 돈을 준다? 그러면 지금처럼 약자인 작은 엔터사들이 제 풀에 겁먹거나 포기하고 그냥 놔주지 않는다. 반대로 악착같이 소송을 통해 증거를 확보하고 돈을 받아 내려고 할 거다.

그래야 자기가 살 수 있고 막대한 돈을 벌 수 있으니까.

더 무서운 점은 돈을 주기 시작하는 순간 그 연예인이 자신을 키워 준 소속사의 등에 칼 꽂고 배신했다는 것이 기정사실화된다는 거다.

일부는 그런 이미지와 상관없이 그를 물고 빨지도 모르지만 대부분의 사람들은 그 사람을 안 좋게 볼 테니 당연히 성장 자체가 멈출 수밖에 없다.

즉, 돈을 왕창 들여서 데려왔는데 나락만 남은 셈이다. 그런데 그 누가 템퍼링을 하겠는가?

그렇기에 이건 돈보다는 그런 이미지 관리를 통한 템퍼링 방지에 가까웠다. 하지만 정작 여기에 모여 있는 대형 회사들은 그에 관해 관심이 없었다.

"그럴 수는 없죠."

"맞습니다. 그건 그렇죠."

"아니, 약자들을 보호하는 변호사라는 분이 거참."

그리고 노형진의 예상대로 대부분의 사람들은 싫은 티를 팍팍 냈다.

'그러겠지.'

대기업은 템퍼링에서 자유롭지 않다. 실제로 그런 템퍼링으로 인해 많은 사람들이 피해를 입었다.

그러나 정작 그들은 그걸 포기할 생각이 없었다.

'그게 더 이득이니까.'

예를 들어 한국에서 성공한 후에 중국으로 빤스런 하는 수많은 중국인 아이돌 멤버들도 결국은 템퍼링의 한 사례다.

그런데 왜 반대할까?

그 이유는 간단하다. 어차피 중국으로 내빼는 놈들을 한국법으로 처벌하거나 손해배상을 받을 수는 없으니까.

그러니까 다른 데서 수익을 내서 메꿔야 하는데, 새로운 그룹을 만드는 것보다는 차라리 템퍼링을 빼앗아 오는 게 싼 것이다.

중국에서 소송해 봐야 중국 정부는 철저하게 중국인 편이기에 배상금 자체도 인정되지 않을뿐더러, 설사 인정된다고 해도 일반적으로 지급 기한 같은 걸 정하지 않거나 반대로 10년씩 길게 정해서 결과적으로 지급하지 않도록 조치해 버린다. 그사이에 회사가 망하면 그걸로 끝이니까.

그런데 지급 기한이 지났는데도 회사가 망하지 않았다?

그러면 판사에게 돈 좀 쥐여 주면 지급 기한을 다시 20년으로 늘려 준다.

그걸 알기에 이제 중국인은 쓰지 않는 분위기다. 어차피 한한령으로 중국 활동은 물 건너가기도 했고.

그러니 남은 건 한국에서 먹을 만한 애들만 먹으면서 몸집을 키우는 것뿐이었다. 그래서 이들은 자신들이 손해 볼 게 없다고 생각하는 것이다.

"진짜로 템퍼링을 막지 않으실 겁니까? 우리가 나서서 정부와 법원을 압박하면 템퍼링을 막을 수 있을 텐데요."

"이봐요, 노 변호사. 그 스타가 되겠다고 몸부림치는 애들입니다. 능력이 안되는 회사가 그런 애들의 인생을 망치는 걸 그냥 두고 보기도 그렇잖아요?"

'지랄하고 자빠졌네.'

그런 의도라면 템퍼링이랑 상관없이 자기네 회사에서 매년 100팀 200팀씩 데뷔시키면 되는 일이다.

하지만 그런 일은 하지 않는다. 그리고 성공하지 않은 무명 연예인들에게는 템퍼링 시도조차도 없다.

그러면서 능력이 없는 회사가 당하는 게 당연한 거라니.

"그러면…… 네, 뭐 알겠습니다. 의미가 없으니 이야기는 여기까지 하지요."

노형진은 길게 이야기하지 않았다. 더 해 봐야 의미가 없다는 걸 아니까.

"그런데 능력이 주관적인 영역이라는 걸 잊으셨나 보네요."

"……?"

"그게 무슨 말입니까?"

마지막 말에 다들 순간 불안감을 느끼고 되물었다. 그러나 노형진은 대답하는 대신 그냥 웃어 보였다.
"보시면 압니다, 후후후."

"혹시나가 역시나라더니."
고연미는 긴 한숨을 내쉬었다.
"뭐, 아시잖습니까? 이 바닥의 70%는 생양아치라는 거."
"아녜요. 지금은 그나마 좀 줄었죠, 한 50%로?"
"하긴, 그건 그렇죠."
애초에 생양아치는 엔터테인먼트조합에 들어오지 못하는 데다 현재 비용을 비롯한 여러 가지 이유로 엔터테인먼트조합에 속하지 않으면 엄청난 적자를 감수해야 하다 보니 그나마 새롭게 시작하는 회사는 양아치 비율이 낮아졌지만, 기존 회사들은 어쩔 수가 없다.
"그리고 꼭 이런 고만고만한 곳들이 문제예요."
"아예 큰 곳은 템퍼링을 안 하니까요."
일단 할 이유가 없다. 자기들이 쥐고 있는 연예인들이 진짜 톱클래스이고 돈을 아낌없이 들여서 키울 수 있는데 왜 템퍼링을 하겠는가?
하지만 고만고만한 곳들, 즉 소위 톱클래스가 아닌 곳들은 은근슬쩍 템퍼링으로 연예인들을 보충하는 게 성공하는 방법 아닌 방법이었다.

“그러면 어쩌실 거예요? 이제 저쪽 도움을 받아서 고치는 건 불가능할 것 같은데. 아무리 고리가 있고 그걸 당길 수 있다고 해도 이 상황을 해결하는 게 쉽진 않을 것 같은데요.”

“일단은 두 가지 방향으로 가려고 합니다.”

“어떻게요?”

“템페스트를 빼내야지요.”

“네?”

그 말에 고연미는 자신의 귀를 의심했다.

“저기, 템페스트를 왜 빼내요? 이해가 안 가는데요? 그 쓰레기 새끼들을…….”

“네, 쓰레기니까 빼내는 겁니다.”

“네?”

“템퍼링을 할 때의 철칙은 그걸 시도하는 존재를 드러내지 않는 겁니다.”

“그렇죠.”

실제로 퍼펙트와 윈드스톰이 뒤에 있을 거라고 의심은 하고 있지만 어디까지나 추정일 뿐이다.

투자하고 이상한 조항으로 약점을 만들어 둔 건 사실이지만 그게 템퍼링을 했다는 가장 확실한 증거가 되지는 않는다.

“템퍼링을 하는 사람은 자신을 드러내선 안 되죠.”

존재가 드러나는 순간 바로 법원에서 계약 효력 정지 가처분을 기각할 테니까.

"그러니까 우리의 존재를 드러내면 되는 겁니다."

"우리가 먼저 드러낸다고요? 굳이 욕먹는 걸 감수하면서까지 드러낼 이유는 없잖아요?"

고연미는 눈을 찡그렸다.

물론 노형진이 돈이 많은 건 안다. 하지만 그것과 별개로 굳이 대신 욕먹는 건 말도 안 된다.

"더군다나 우리 의뢰인은 민도영 씨예요. 아직 법적으로 템페스트는 민도영 씨와 오션엔테터인먼트 소속이고요. 그러니 의뢰를 받은 우리가 템페스트를 빼내는 건 변호사법 위반이에요."

고연미의 우려 섞인 반응에 노형진이 크게 웃으며 말했다.

"하하하, 걱정 마세요. 진짜로 우리의 존재를 드러내려는 건 아니니까."

"네?"

"한 번 배신한 놈이 두 번을 못 하겠습니까?"

"그게 무슨……?"

고연미가 어리둥절한 표정으로 바라보자, 노형진이 설명하기 위해 입을 열었다.

"템페스트가 배신한 이유가 뭡니까? 바로 돈 때문 아닙니까?"

"그렇죠."

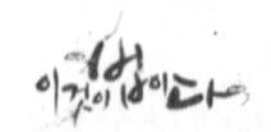

"그리고 그 소송비용은 누가 낼까요?"

"그거야 템퍼링 하는 회사죠."

보통 소속사에서 나가기 위해서는 소송해야 하는 경우가 많다. 그리고 성공한 연예인은 그 돈을 스스로 낼 수 있을 거다.

하지만 템페스트는 그게 불가능하다. 아직 번 돈이 없으니까. 아직 정산도 받지 못한 템페스트가 어떻게 억 단위의 소송비용을 감당하겠는가?

"네, 맞습니다. 보통 그 돈은 회사가 내죠."

"네."

"그런데 그게 계약금입니까?"

"어…… 음…… 아니죠?"

계약금이라고 할 수는 없다. 왜냐, 그랬다가는 이중 계약으로 걸려 버리니까.

그래서 자기들끼리 계약금을 그걸로 퉁치는 경우는 많아도 현실적으로 그게 계약금이라고는 말 못 한다.

"그러니까 우리가 거기에 끼어들어서 빼 오는 건 불법이 아니라는 거죠."

"하지만 그건 규정에 어긋나는……."

"노노, 아니죠."

노형진은 고연미의 말에 손가락을 흔들었다.

"다른 소속사와의 접촉을 금지한다는 규정에는 허점이 있거든요."

"헛점?"

"네, '소속사의 동의가 있으면'이라는 허점이요."

"어…… 아!"

그 말에 고연미는 혀를 내둘렀다.

"이적이라는 시스템이 있으니까요."

"한국에는 이적이라는 시스템이…… 없지만……."

"네, 없죠. 하지만 그걸 막는 법도 없고요."

이적. 기존 소속사에서 돈을 받는 대신 연예인이나 스포츠 선수의 계약이나 기타 권리를 넘기는 행위를 말한다.

스포츠 업계에는 이 이적 시스템이 활성화되어 있다. 그러나 의외로 연예업계에는 그런 게 거의 없다.

"그렇다 보니 규정도 미흡하죠."

이적을 막기 위한 어떠한 규정도 없고, 그렇다고 그걸 적용하기 위한 규정도 없다.

"우리가 민도영 씨에게 이적을 제안할 겁니다. 그러면 그때부터 우리는 당당하게 템페스트와 접촉할 수 있게 되죠."

"오호?"

당연히 이 이적은 공짜가 아니다. 기존 소속사에 일정 부분 돈을 주고 이적하는 게 가능하다.

"그런데 템페스트는 이적이 아닌 계약 부존재 가처분 신청을 했지요."

"그렇죠. 그게 싸게 먹히니까."

이적료라는 건 절대로 싸지 않다. 왜냐, 최소한 이적하는 시점에서 당사자는 투자한 금액을 뽑아내려고 하기 때문이다.

투자금이 50억이면 당연히 60억 정도는 요청하는 게 이적이다. 그러니 다른 회사에서 템퍼링을 통해 빼내려고 하는 거다. 60억씩 주고 빼낼 이유가 없으니까.

공짜로 빼낼 수 있는데 누가 60억을 주려고 하겠는가?

"하지만 우리가 이적을 입에 담으면?"

"템페스트 입장에서는 다행인 거지."

만일 조건이 성립하면 템페스트는 정당하게 이탈할 수 있다. 하지만 윈드스톰 입장에서는?

"어이가 없어지는 거지."

뒤통수를 맞는 셈이니까.

"그렇다고 템페스트가 이적을 거부한다? 그러면 판사의 의심을 사게 되는 거지."

"그러겠네요."

이적한다고 하면 모든 게 깔끔하게 정리된다. 그런데 그걸 거절한다?

그러면 불이익을 받아서 이적한다는 템페스트의 말이 의심받을 수밖에 없다.

"하긴, 이적하면 그들이 주장하는 모든 것에서 자유로워지는 거잖아요?"

"그렇지요."

성범죄에서도, 그리고 학대에서도 자유로워진다.

그런데도 이적을 못 하겠다? 재판부가 바보도 아닌데 그걸 의심하지 않을까?

"문제는 못 한다, 아니 안 한다는 거죠."

"그렇겠죠."

이적과 템퍼링의 가장 큰 차이는 바로 투자금의 회수다.

이적은 쉽게 말해서 기존 소속사가 투자한 금액을 이적하는 소속사에서 주는 대신에 연예인을 빼 가는 것이기에, 이적할 경우 정산할 때 기존 투자금을 일단 빼고 정리해야 한다.

하지만 템퍼링은 법적인 구속이 완전히 풀린 거라 이적하는 소속사가 기존 투자금을 주는 일 없이 연예인을 온전히 데려갈 수 있다.

"템페스트는 아마 머리가 아프겠네요. 그리고 두 번째 계획은 뭔데요?"

"우리도 템퍼링을 할 겁니다."

"네? 지금 이적이라고 하지 않으셨나요?"

"그랬죠. 그런데 이적 대상은 템페스트뿐입니다. 제가 노리는 놈들은 다른 소속사에 있는 다른 연예인들입니다."

"설마?"

"네, 재능 있는 사람에게는 그만한 대우를 해 줘야지요. 그런데 과연 템퍼링을 한 놈들이 대우를 해 주고 있을까요?"

당연히 나름은 해 줄 거다. 하지만 그건 어디까지나 주관

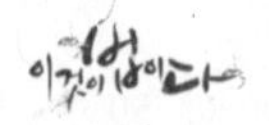

적인 영역.

"괴물과 싸워 본 적이 없으니까 자기들이 괴물인 줄 아는 모양인데, 괴물이 뭔지 보여 주면 자신들의 처지를 깨달을 수밖에 없겠지요."

노형진은 막대한 자본을 이용해 진짜 괴물이 뭔지 체험시켜 줄 생각이었다.

며칠 뒤.

노형진은 괴물 그 자체인 엔터테인먼트를 설립하기 위해 준비하고 있었다.

현대사회에서 엔터테인먼트 회사를 차리는 건 어려운 일이 아니다. 돈만 있으면 가능하니까.

그리고 그 돈을 가진 건? 당연히 마이스터다.

"진짜로 엔터테인먼트 회사를 차리시려고요?"

"아, 유령 회사입니다. 진짜로 설립하는 건 아니에요."

"하긴, 진짜로 차리면 진짜 괴물이 되는 거죠."

마이스터에서 한국에 엔터테인먼트 회사를 차린다면 한국의 엔터사들을 고사시키는 것은 일도 아니다.

당장 대룡엔터테인먼트만 해도 처음 생길 때 중소기업들을 다 말려 죽인다고 엔터 업계들이 길길이 날뛰고 난리도 아니었다.

하지만 대룡은 그걸 엔터테인먼트조합이라는 형태로 협력과 상생을 우선시하면서 사업하겠다고 설명해 오해를 풀고 진출한 것이었다.

"하지만 몬스터엔터테인먼트는 진짜 괴물이 될 겁니다."

애초에 왜 몬스터엔터테인먼트라고 이름 붙이겠는가? 이미지가 좋아야 할 이유가 없기 때문이다.

"닥치는 대로 사냥하고 법에만 걸리지 않으면 되니까요."

법에만 걸리지 않으면 된다. 이쪽에는 변호사가 있다. 그런데 그 변호사가 그렇게 어설프게 걸리게 하겠는가?

"자기들이 모조리 고소당하면 어떤 기분일지 생각해 볼 기회를 줘야지요."

"하지만 쉽게 넘어올까요?"

"안 넘어올 리가 없죠, 애초에 그놈들은 해외 진출도 제대로 못 하는데."

"하긴, 그건 그래요."

해외 진출을 위해 해외시장의 문을 두들기는 것도 능력이 되어야 한다. 그러나 템퍼링을 해 온 놈들이 과연 해외 진출을 위한 능력이 될까?

애석하게도 불가능하다. 제대로 사업한 게 아니라 사기로 세력을 키워 왔으니 당연한 거다. 그런데 해외 진출이 가능한 괴물 같은 기업이 등장한다면 과연 막을 수 있을까?

"능력이 부족하면 연예인을 키우면 안 된다고요?"

노형진은 그 말을 하면서 코웃음을 쳤다.

"진짜 능력이 뭔지 한번 두 눈 똑바로 뜨고 보라고 하세요."

-마이스터, 한국 엔터테인먼트 산업에 도전

-투자 금액만 최초 5천억

-몬스터엔터테인먼트, 한국 엔터 업계에 괴물처럼 나타나다

뉴스는 하루가 멀다 하고 몬스터엔터테인먼트의 등장을 어필했다.

물론 진짜로 공포를 느껴서 그러는 건 아니다. 노형진이 기자들에게 그런 논조로 공격적인 홍보를 해 달라고 부탁했기 때문이다.

말이 부탁이지, 노형진의 요구를 거절할 만한 기자는 많지 않았다. 도리어 틈만 나면 노형진을 물어뜯고 싶어 하는 언론인데 노형진이 대놓고 '마음껏 물어뜯으세요.'라고 했으니 좋게 보도할 리가 없었다.

그리고 그러한 공포스러운 분위기 속에서 몬스터엔터테인먼트가 마침내 활동을 시작했다.

"따님분이 그따위 코딱지만 한 곳에서 일하는 게 마음에 안 드시잖습니까?"

"끄응…… 그건 그런데……."

"빅엔터요? 말이 빅이지 뭐가 큽니까, 개미 코딱지만 한데. 규모가 얼마나 되죠? 10억? 20억? 거기다 지금 자본 잠식 상태 아니던가요?"

"그거야……."

"글로벌 진출이요? 한국에서도 제대로 활동 못 하고 있는데 글로벌 같은 소리 하고 자빠졌네요."

빅엔터. 대표적인 템퍼링을 하는 엔터사로, 더 퍼플이라는 걸 그룹과 울트라 보이라는 보이 그룹을 보유하고 있다.

당연하게도 그들 모두 외부에서 템퍼링을 통해 데려온 놈들이었다.

"데려올 때 뭐라고 했죠? 해외 진출을 위해 최대한 노력한다고? 아니, 100% 해외 진출하겠다고 했죠?"

"그건 그런데……."

"그런데 지금 해외 진출했습니까? 애초에 해외 활동을 하기는 했습니까? 홍보는 했나요?"

"……."

지금 이야기하고 있는 더 퍼플의 부모들 입장에서는 그게 마음에 들지 않았다. 해외 진출을 하고 싶어서, 쉽게 말해서 떼돈을 벌고 싶어서 자기네 딸들을 키워 준 소속사에 칼을 꽂고 나온 거다. 그런데 여전히 해외 진출을 못 하고 있었다.

"도리어 요즘 인기가 바닥으로 떨어지고 있죠. 최근에 더 퍼플 앨범 중 100위권에 들어간 노래가 뭐가 있나요?"

"……없죠."

"네, 노래를 고르는 것도 능력입니다."

실제로 그렇다. 노래를 잘만 고르면 충분히 인기를 끌 수 있다.

하지만 빅엔터 자체가 스스로 키울 능력이 안되었고, 그래서 템퍼링을 통해 빼내 온 더 퍼플도 능력이 안되었다.

애초에 템퍼링의 대상은 1급이 될 수가 없다. 1급은 자기 이미지가 망가지는 데다가 템퍼링으로 소송이 길어지면 아예 활동 자체가 막히기에 템퍼링에 응하지 않기 때문이다.

일반적으로 템퍼링 하는 대상은 2급에서 1급으로 올라가는 정도의 대상. 즉, 막 이름을 알리는 시점이다.

그런데 그 시점에서 활동을 제대로 못 하면 추락하는 건 당연한 일.

"그러니까 나오시기만 하면 저희가 최대한 도와드리겠습니다."

"해외 진출도 말이죠?"

"네, 뭐…… 해외, 까짓것 뭐 있겠습니까? 결국 돈지랄이지."

"하긴, 그건 그래요."

"잘 생각해 보세요."

남자는 그렇게 한참을 더 퍼플의 부모님들을 설득하고는 그대로 나왔다. 그리고 사람이 없는 곳으로 가서 전화기를 들었다.

"형님, 접니다."

—오, 그래? 어떻게, 반응 괜찮아?

"혹하던데요? 애초에 하는 짓거리가 뭐, 뻔하지 않습니까?"

—하긴, 한 번이 어렵지 두 번은 쉽지.

"그런데 저희가 더 이상 안 도와줘도 됩니까?"

—응, 안 도와줘도 돼. 해 본 애들이잖아. 당연히 배운 게 있겠지. 아, 혹시 배경이 어딘지 명시적으로 말한 건 아니지?

"에이, 형님도. 제가 바봅니까? 절대 아니죠. 슬슬 그냥 떡밥만 흘렸습니다. 야심차게 투자하려고 한다. 돈 떨어질 일은 없다. 글로벌이야 기본 아니냐."

대놓고 몬스터엔터테인먼트라고 말하지는 않았지만 대충 대상이 어느 정도인지는 알 수 있는 정도.

그 정도만 흘려도 알아듣고 혹할 수밖에 없었다.

언론에서 신나게 떠들고 있으니 모를 수가 없을 거다.

—잘했다. 그래, 오늘은 바로 퇴근하고. 내일은 가왕엔터에 갈 거지?

"네, 다른 쪽 애들은 어때요?"

—뭐, 잘되어 가니까 너무 걱정하지 말고. 안 걸리게 조심하고.

"네, 형님."

남자는 전화를 끊고는 피식 웃었다.

혹시나 모를 추적을 피하기 위해 그는 공식적으로 백수다.

그렇기에 저들이 자신을 의심해도 몬스터엔터테인먼트와 엮을 수는 없다.

“자, 그러면 이제 내일은 어떻게 구워삶아야 하나? 트로트 가수라 해외 진출이 쉽지 않은데…….”

그는 그 문제로 머리가 아팠지만 이내 조만간 두둑해질 계좌를 생각하자 곧 두통이 씻은 듯이 사라졌다.

⚖

그렇게 몬스터엔터에서 은밀하게 템퍼링을 했던 놈들을 흔드는 사이, 민도영은 왠지 떨떠름한 얼굴로 노형진과 만나고 있었다.

“진짜로 60억을 주신다고요?”

“아, 진짜는 아닙니다. 다만 템페스트가 저희 쪽으로 온다면, 이라는 조건이 붙습니다.”

“안 올 텐데요.”

“네, 그래서 하는 겁니다. 저들의 정당성을 훼손하기 위해서 말입니다.”

“아까도 그건 들었습니다만…….”

어째서인지 주저하는 민도영. 그 모습을 본 노형진은 아주 단호하게 말했다.

“아직도 미련을 못 버리셨습니까?”

"미안합니다. 자식처럼 생각하면서 키운 애들이라……."

"민 사장님, 단호하게 생각하셔야 합니다."

노형진은 민도영을 보면서 아주 차갑게 말했다.

"민 사장님이 포기를 못 하신다면 저희도 재판 못 합니다."

"그게……."

"아실 텐데요? 이제야 돌아온다고 해도 하하호호 웃으며 활동하진 못합니다. 법원에서 왜 서로 간의 신뢰가 깨졌다는 이유만으로 계약 파기를 결정하겠습니까?"

"……."

실제로 계약 취소 소송의 거의 대부분은 소송을 건 연예인이 이긴다. 설사 연예인이 계약 해지를 위해 소속사와 사장에 대해 거짓말했다고 하더라도, 그것과 별개로 더 이상 서로 신뢰가 없기에 활동이 불가능하다고 생각하기 때문이다.

"막말로 돌아오면 뭐, 어쩔 건데요? 그간 일하지 못한 것까지 최선을 다해서 벌겠습니까?"

애석하게도 그런 일은 단 한 번도 없었다.

"그거야…… 그런데……."

"법조계에는 이런 말이 있습니다. 법 위에서 잠자는 자 보호받지 못한다."

싸우려 하지 않는 자를 위해 대신 싸워 주는 사람은 없다. 그럴 가치도 없고 말이다.

그런 사람은 한 번 보호해 줘 봐야 다음번에 또 다른 사기

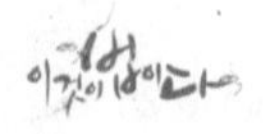

꾼과 엮여서 망할 뿐이다.

"포기하세요. 아니면 저희가 포기하고 물러나겠습니다."

노형진은 그렇게 말하면서 서류를 내밀었다. 그건 이적과 관련된 사전 합의서였다.

즉, 이적을 위해 템페스트와의 협상을 인정한다는 동의서였던 것.

거기에 사인하는 순간 템페스트는 망할 수밖에 없다는 걸 알기에 민도영이 주저하기 시작한 것이었다.

"법은 말입니다, 저쪽이 죽느냐 이쪽이 죽느냐의 전쟁입니다. 자살을 선택하신다면 문은 저쪽입니다."

노형진은 고의적으로 독하게 말했다. 그러지 않으면 이런 타입은 어떤 선택도 하지 못하고 우물쭈물하다가 결국 타이밍을 놓쳐 자살하는 것 말고는 선택지가 없어진다.

"아…… 알겠습니다."

결국 민도영은 입술을 깨물면서 사인했다.

"좋습니다. 이제 템페스트를 날려 버리도록 하지요."

노형진은 서류 한구석의 사인을 보며 자신 있게 말했다.

⚖

템페스트.

6인조 보이 그룹으로, 의외로 미국에서 반응이 온 그룹이었다.

당연하게도 성공이 눈앞으로 다가오자 그들은 욕심이 났다. 거기다가 퍼펙트에서 자기들을 밀어준다는 약속까지 해 주자 그들은 기꺼이 자신들을 키워 준 민도영의 등에 칼을 꽂았다.

그랬기에 그런 민도영이 제안한 것은 예상도 못 한 영역이었다.

"네?"

템페스트의 변호사인 지열성은 확인하듯이 물었다.

"그러니까 오션엔터테인먼트에서 사전 접촉을 승인해 줬다 이겁니까?"

"그렇습니다."

"아니…… 왜요?"

지열성은 당황할 수밖에 없었다. 템퍼링 전문 변호사로서 수십 건을 해 봤지만 이런 경우는 단 한 번도 없었던 것이다.

"왜냐니요? 어차피 소송에 들어간 이상 같이 일할 수는 없으니까요."

고연미 변호사는 아주 천연덕스럽게 말했다.

"그러니 회사 입장에서는 투자금만 회수할 수 있다면 다른 곳에 보내는 게 낫죠."

"거기에 저희가 동의할 이유가 없다는 걸 아실 텐데요?"

단호하게 말하는 지열성에게 도리어 고연미는 전혀 모르

겠다는 듯 물었다.

"왜요?"

"왜라니요? 당연히 소속사를 옮기려고 하는 건데……."

"그러니까 옮기는 거라니까요. 더군다나 저희 회사는 몬스터엔터테인먼트입니다. 자본금만 5천억인 회사예요. 미국의 본사가 마이스터고요. 한국에서 이 정도의 영향력을 가진 회사가 존재할 거라고 보세요?"

당연히 없다. 그리고 그런 곳이 지금 템페스트를 노리고 있다.

"어차피 나가고 싶어서 소송까지 거신 거고 조건은 이쪽이 훨씬 더 좋잖아요."

"그거야 그런데……."

"그러니까 저희가 받아 간다는 거죠. 애초에 어차피 갈 곳이 있는 것도 아닐 텐데요. 설마, 어디 갈 곳 있어요?"

"네? 아뇨, 없습니다."

"네, 이야기 들었어요. 연예인 활동을 못 했으면 못 했지, 돌아가지는 못한다고."

"그건 그렇긴 한데……."

"그러니까 저희 쪽으로 오시라고요."

이건 비교할 수조차도 없는 조건이다.

물론 60억이라는 돈을 이쪽에서 내주고 데려가는 만큼 그것도 갚기는 해야 하지만 다른 곳도 아닌 몬스터엔터테인먼트다.

물론 신흥 회사라는 점이 불안하기는 하지만 애초에 그 뒤에 있는 건 돈 많은 졸부가 아니라 미국에서 가장 잘나가는 투자회사인 마이스터다.

물론 마이스터가 엔터 업계에 대해 모를 수도 있다.

하지만 마이스터는 미국의 거대 엔터테인먼트 계열사들의 지분을 적잖이 쥐고 있다. 그러니 모르면 배우면 되는 거고, 안 되면 아는 사람을 사면 되는 거다.

돈이란 기회를 무한대로 만들어 내는 하나의 마법 같은 거니까.

"일단 저희의 조건은 이렇습니다."

고연미는 지열성에게 서류를 내밀었다. 그리고 그걸 보면서 지열성은 얼굴이 굳었다.

"지분율이 5 : 5에 전용 차량에 미국에서 최소 네 개의 앨범을 확정적으로 내준다고요?"

"네. 아, 물론 60억을 정산한 후지만. 아시잖아요? 까짓 푼돈."

한국에서는 푼돈이 아니지만 미국에서는 진짜 푼돈이 될 수 있다. 진짜 한 달만 빡세게 굴러도 갚을 수 있으니까.

"그리고 앨범이 1천만 장 이상 팔리면 전용기도 한 대 제공해 드릴 예정입니다."

"전……용기 말입니까?"

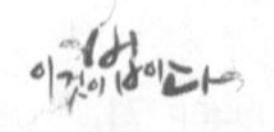

"네."
물론 이건 일종의 사기다. 애초에 앨범이 1천만 장이 팔린 기록이 거의 없으니까.
과거에 1억 장씩 팔리던 거? 그거야 스트리밍이 없던 시절이고 요즘은 죄다 스트리밍으로 듣기에 미국 내 톱스타들조차도 1천만 장은 힘들다.
'하지만 그건 안 보이겠지.'
전용기라는 글자는 미래를 보지 못하는 놈들에게는 혹할 수밖에 없는 조건이었다.
'존재하지 않는 거에 혹해서 넘어온 놈들이니까.'
심지어 존재하지도 않는 감언이설에 넘어와서 은인의 뒤통수에 칼을 꽂은 놈들이 전용기라는 현물에 과연 혹하지 않을까?
'설사 진짜로 1천만 장을 팔아도 문제 될 건 없고.'
인성과 인기는 비례하지 않는다지만, 진짜 기적처럼 1천만 장을 판다? 그 정도면 진짜로 전용기를 주고도 남는 월드스타다.
"이걸 전달해 주시기 바랍니다."
"음…… 알겠습니다."
지열성은 어쩔 수 없다는 듯 고개를 끄덕거렸다.
"그러면 이만."
고연미는 서류를 건네고 밖으로 나갔다. 그리고 그녀가 돌아가자마자 밖에서 사무장이 후다닥 들어왔다.

"지 변호사님, 이거 어떻게 해야 합니까? 아무래도 진짜로 몬스터에서 템페스트를 노리는 모양인데."

"그런 모양이야."

"이거, 일이 틀어지는 거 아닙니까?"

퍼펙트와 윈드스톰의 의뢰를 받아서 일을 처리하고 있는 지열성이다. 당연히 공식적으로야 템페스트의 변호사고 돈도 그들이 준 것으로 되어 있지만, 사실 그 돈을 그들이 주지 않았다는 사실은 누구보다 잘 알고 있었고, 애초에 템페스트보다는 윈드스톰과 더 많은 회의를 하는 상황이다.

그런 상황에서 그가 중재해서 템페스트를 몬스터엔터테인먼트에 넘긴다?

그러면 심각한 문제가 된다. 나중에 커리어가 박살 날 수도 있다.

그가 성공한 이유가 뭔가? 바로 이런 템퍼링을 교묘하게 잘 처리해서 그 바닥에서 소문이 자자하기 때문이 아닌가?

그런데 돈은 윈드스톰에서 받아 놓고 정작 애들은 몬스터로 보낸다? 그럴 수는 없다.

"이건 없는 거야."

고연미가 두고 간 제안서를 집어 들어서는 그대로 쭈욱 찢는 지열성.

"그래도 됩니까?"

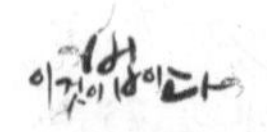

"그럼, 진짜로 몬스터로 보내려고?"

"아니, 그……."

"최소한 윈드스톰, 아니 퍼펙트에서 대응책을 세울 때까지는 무조건 시간을 끌어야 해."

"퍼펙트에서 그 데려가려 할 텐데, 해 볼 만하지 않을까요? 사실 퍼펙트의 조건이 더 좋을 텐데요?"

몬스터는 아직 활동은커녕 소속 연예인조차 한 명도 없는 곳이다.

그러나 퍼펙트는 다르다. 퍼펙트는 미국에서 아직 3위 자리를 지키고 있는 거대 기업이다.

"차라리 대놓고 일대일로 붙여 보자 이거야?"

"네, 그게 깔끔할 것 같은데요."

"그러면 우리가 돈 들인 건 의미가 없잖아? 그리고 요즘 퍼펙트는 분위기가 안 좋아."

"그 정도입니까?"

"퍼펙트가 왜 한국의 작은 회사에까지 손을 뻗으려고 하겠어?"

3위이지만 그것도 얼마 남지 않았다는 게 주변의 분위기다.

문제는 그 아래로 떨어지면 4위가 되는 게 아니라는 거다.

현시점에서 톱스타와 프로듀서의 이탈이 워낙 심해서 다들 재계약을 거부하고 있다 보니 내년에는 3위가 아니라 20위까지 떨어질 수도 있다는 소문이 돌고 있었다.

"그런데 그걸 몬스터 놈들이 모를 리가 없잖아."

"그거야……."

"거기다가 퍼펙트에서 내민 조건이 그럴듯해 보이지만 퍼펙트가 유리한 게 사실이거든."

한국에 비해 조건이 좋은 건 사실이지만 자국민에 비해서는 유리한 건 아니다. 그리고 그 사실을 몬스터도 알 거다.

"절대로 이게 템페스트에 넘어가서는 안 돼."

지열성은 서류를 갈가리 찢으면서 강조했다.

"네, 변호사님."

사무장은 그걸 보면서 왠지 꺼림칙한 기분이 들었지만 지열성을 막을 수는 없었다.

⚖

"그래서, 어떻게 할 것 같습니까?"

"아마도 절대로 넘기지 않을걸요."

"그럴 겁니다. 중간에 폐기하겠죠. 저희 정보가 맞다면 고용한 건 템페스트가 아닌 윈드스톰이니까."

새론의 사무실 안. 그곳에서 고연미는 오늘 한 협상의 결과에 대해 노형진과 이야기하고 있었다. 그러나 사실 상황이 너무 뻔해서 예측하는 건 어렵지 않았다.

"역시 내용증명이라도 보내서 부모님들과 이야기해 봐야

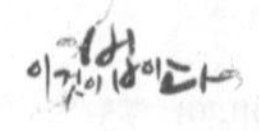

겠어요."

"내용증명을 보내시려고요?"

"그럴까 하고요."

노형진은 고개를 흔들었다. 그게 의미가 없다는 걸 누구보다 잘 알고 있으니까.

"저들이 우리가 내용증명을 보낼 걸 과연 예측 못 할까요?"

내용증명 보내는 거? 어렵지 않다.

왜냐, 이미 계약할 때 주소를 다 확보해 놨으니까.

그러니 이쪽에서 내용증명을 보낸다 한들 지열성이 막을 수 있는 방법은 없다.

"예상할 겁니다. 아니, 정확하게는 어느 정도 시간이 걸릴 거라 생각하겠죠."

내용증명이라는 것은 법률적 과정을 시작하기 전에 하는 하나의 선전포고 또는 경고의 개념이 강하다. 그렇다 보니 내용증명은 시간이 좀 걸린다.

말 그대로 소송 전에 할 수 있는 최후의 선택이니까.

"그러니까 보내자는 거예요. 그들이 대책을 세우기 전에요."

"글쎄요, 저는 반대입니다만?"

"네? 어째서요?"

"보내 봐야 의미가 없을 테니까요. 이번 일이 처음도 아니잖습니까?"

"그거야…… 그런데……."

"이미 대비를 다 해 놨을 겁니다."

처음 해 보는 템퍼링도 아니고 그 과정을 한두 번 해 본 것도 아니니 당연히 지열성이 모든 대응을 해 놨을 거다.

"사실 말입니다, 이런 사업에는 파리가 은근히 꼬이죠. 아시죠?"

"알죠."

템퍼링이 벌어지면 과연 연예인은 템퍼링을 벌인 회사로 갈까?

아니다. 의외로 드물기는 하지만 그 시점에서 다른 회사로 가는 경우가 없지는 않다. 그게 가능한 이유는 그 사이에 다른 제3 세력이 끼어들어서 그들을 빼 가기 때문이다.

"불법적인 행동을 통해 수익을 내는 인간들은 사실 뻔하죠."

먹잇감이 나타나면 당연히 아귀다툼이 벌어진다. 그래서 실제로 전혀 엉뚱한 제3자가 채 가는 경우가 있다.

"그걸 알기에 지열성은 어떻게든 제3자와의 접촉을 막으려 할 겁니다. 그러니 뭐가 오든 보지 말고 버리려고 하겠죠. 아마도 그걸 이야기해 놨으니까 문제가 없다고 생각할 겁니다."

"하지만 그런다고 해서 받은 걸 진짜로 버릴까요, 부모들이 바보도 아닌데? 솔직히 노 변호사님이 말씀하신 대로 지금 템페스트에 접촉하는 게 저희만이 아닐걸요."

노형진은 그 말에 고개를 끄덕거렸다.

분명 그럴 거다. 그리고 템페스트 멤버들과 부모들은 알음알음 그들과 접촉하면서 더 좋은 조건을 재 보고 있을 거다.

'물론 좋은 조건이 있을 리가 없지.'

당연하다. 한국에서 템퍼링 하는 놈들은 뻔하니까.

진짜 톱클래스는 템퍼링 같은 짓거리를 하지 않아도 살아남을 수 있지만 템퍼링을 하는 놈들은 고만고만하니, 그런 놈들이 퍼펙트나 윈드스톰을 이길 수 있을 리가 없다.

"그러니까 우리가 접촉해서 그들을 설득하면……."

고연미의 말에 노형진이 고개를 흔들었다.

"아뇨. 그럴 이유가 없죠."

"네? 어째서요?"

"우리는 그놈들을 데려오려는 게 아니지 않습니까?"

"아…… 맞다."

순간 고연미는 아차 했다. 몬스터는 진짜로 템페스트를 데려올 생각이 없다. 그러니 굳이 그들과 직접 접촉해서 퍼펙트와 윈드스톰에 기회를 줄 이유는 없다.

"저희가 저들과 접촉하면 말입니다, 어떤 상황이 벌어지겠습니까?"

"글쎄요?"

"당연히 잴 겁니다, 어느 쪽이 더 높을 가능성이 있는지."

"아하!"

그리고 그걸 이용해서 자기 몸값을 미친 듯이 올리려고 할 거다.

"그러니까 저희가 접촉하는 것은 아예 공개적으로 이루어져야 합니다. 은밀하게 만나면 저들도 은밀하게 접촉하려고 할 테니까요."

"하긴."

템퍼링 자체는 불법이고 분명 처벌 규정도 있다. 다만 그게 제대로 집행되지 않을 뿐이다.

"그리고 우리가 하는 건 템퍼링이 아닙니다, 이적을 위한 협상이지."

"그러니까."

"네, 우리가 굳이 숨을 이유는 없죠."

내용증명은 당사자가 아니면 외부로 나갈 일이 거의 없다.

물론 우체국에 사본이 기다리고 있지만 그렇다고 해서 그걸 우체국에서 세상에 뿌리거나 하지는 않으니까.

"설마 욕심을 자극하는 게 끝이 아니었어요?"

"네? 당연히 아니죠."

노형진은 코웃음을 쳤다. 아마도 고연미는 노형진이 그들의 욕심을 자극하는 것과는 별개로, 지열성을 비롯한 퍼펙트 측과도 사이가 틀어질 걸 기대한 모양이었다.

"하지만 이건 비즈니스죠. 기분이 나쁜 것과 별개로 템페스트는 무조건 퍼펙트에 갈 겁니다."

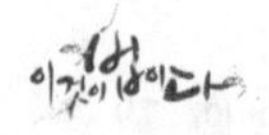

아무리 비교해도 사실 퍼펙트를 이길 수 있는 곳은 없으니까.

"네? 하지만 몬스터는 엄청나게 유리한 조건으로 꼬시고 있잖아요?"

"네, 그런데 실적이 없지 않습니까? 이건 생각보다 심각한 문제입니다. 특히 엔터 쪽에 조금이라도 경험이 있는 사람은요."

"돈을 그렇게나 밀어 넣고요?"

"돈이 문제가 아니죠. 애초에 돈만으로 해결되는 문제였다면 퍼펙트가 그렇게 무너지겠습니까?"

"끄응……."

"돈이 필수이지만 전부는 아니죠."

심지어 몬스터엔터테인먼트는 미국 진출이라는 이름으로 꼬시고 있지만 정작 미국에는 어떤 라인도 없다.

"하지만 다른…… 회사들에 템퍼링을 한 기업들은요?"

지금 템페스트만 노형진이 노리는 게 아니다. 다른 템퍼링을 한 기업들에 속한 연예인들도 노리는 상황. 그런데 가능성이 없다니.

"기본적으로 그들과 템페스트는 입장이 달라요. 그들은 아예 미국에 진출할 기회 자체가 없고, 템페스트는 이미 약하지만 진출했고."

그 차이는 어마어마하다.

"당연히 다른 놈들은 아예 한국 내에서 어정쩡하게 있느니 미래에는 미국에 진출할 가능성을 원할 겁니다."

사실 템퍼링을 빼 간 기업들이 제대로 된 미국 진출을 지원하지는 못하고 있을 테니까.

"하지만 템페스트는 아니라는 거죠."

"무슨 말인지 알겠어요."

중요한 건 미국 진출이다. 그러니 조금 손해 보더라도 템페스트는 일단 서열 3위인 퍼펙트로 가려고 할 거다.

"그렇지만 경쟁자가 있다는 것은 전혀 다르다는 거죠."

"그리고 그 경쟁자가 공개적으로 나선다면?"

"네, 맞습니다. 가치가 미친 듯이 올라갑니다. 소위 말하는 '거품이 끼는 거'죠."

그리고 아마도 템페스트는 그 거품이 자기들의 진짜 실력이라고 생각할 가능성이 크다.

"우리야 진짜로 데려갈 생각이 없으니까요."

"거품만 키우겠다 이거군요."

"맞습니다."

그리고 이쪽은 당당하게 저들과 접촉할 이유가 있다. 아무리 소송 중이라지만 그들은 아직 오션엔터테인먼트 소속이고 민도영에게 허락받았으니까.

"그러니까 대놓고 이야기해 봐야지요."

노형진은 씩 웃었다.

"과연 변호사가 우리에 대해 감춘다 한들 감춰질까요? 후

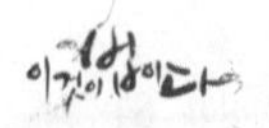

후후."

그럴 리가 없었기에 노형진은 자신이 있었다.

⚖

얼마 후 인터넷에서는 한 가지 뉴스가 빠르게 떠올랐다. 바로 템페스트의 몬스터엔터테인먼트로의 이적설이었다.

엔터 업계에서는 이적하는 일이 거의 없다 보니 그건 이슈가 될 수밖에 없었고, 아무리 지열성이 그걸 막으려 해도 인터넷에 퍼지는 걸 막을 수는 없었다.

"이게 뭔 소리예요? 이적이라니? 우리는 그런 거 들어 본 적도 없는데."

템페스트의 부모들은 당연히 그 뉴스를 보고 격하게 항의했다.

"그게…… 아직 정확한 정보가……."

"정확한 정보가 없다는 게 말이 돼요? 이미 다 알고 왔어요. 공식적으로 대리하던 변호사들한테 서류를 줬다던데."

"……."

'닝기미.'

지열성은 입술이 바짝바짝 말랐다. 기껏해야 내용증명이나 보내면서 은밀하게 접촉할 거라 생각했다. 하지만 그게 아니라 아예 대놓고 언론과 인터넷에 뿌릴 줄은 몰랐다.

'이게 아닌데.'

그리고 이건 생각지도 못한 상황이 되어 버렸다.

왜냐, 그간 템페스트는 오션엔터테인먼트에서 빠져나가기 위해 소송한다고 언론 플레이를 했으니 대놓고 당당하게 놔준다는 걸 거부할 핑계가 없기 때문이다.

"속으면 안 됩니다. 몬스터엔터테인먼트의 뒤에는 마이스터와 노형진이 있습니다. 그리고 노형진은 오션엔터테인먼트로부터 의뢰를 받았다는 소문이 있어요. 그러니까 중요한 건……."

"중요한 건 결국 돈 아닌가요? 안 그래요? 우리가 의리 때문에 일을 시작한 건 아니잖아요?"

"그거야 그렇습니다만……."

"그리고 저쪽 조건이 훨씬 좋은데 왜 우리한테 감췄어요?"

물론 60억이라는 초반의 투자금을 회수해야 한다는 조건은 어쩔 수 없다. 하지만 그 돈은 금방 갚을 수 있다고 이미 부모들은 생각하고 있다.

다른 곳도 아닌 미국 아닌가? 그곳에서 이미 자신들의 아들들은 모든 이들을 제패하고 1위를 할 거라고 믿고 있었다.

"애초에……."

"말이 이상한데요? 분명히 방송에서는 몬스터에서 공식 서류를 제출했다는데."

물론 공중파는 아니다. 공중파에서 그런 걸 이야기해 줄 리가 없다. 하지만 인터넷에서는 그걸 이야기하는 것이 가능하다.

그리고 노형진은 가족들이 인터넷에서 자료를 검색하고 있다는 걸 안다. 불안하니까.

그런 만큼 인터넷에 허위 자료를 뿌린 거다. 인터넷의 렉카라면 당연히 그걸 신나게 퍼 나를 테니까.

"그게……."

"왜 그게 없죠?"

"……."

그 말에 지열성은 아차 했다.

'최소한 버리지는 말았어야 했는데.'

그러나 버렸다.

그것도 아예 복구도 못 하게 갈가리 찢어서 버렸다.

그랬기에 지열성은 그걸 템페스트의 가족들에게 줄 방법이 없었다.

"분실했습니다."

"분실이요? 그걸 말이라고 해요? 그리고 분실했다면 그냥 그쪽에 연락해서 다시 전달해 달라고 요청하면 되는 거 아니에요? 안 그런가요?"

자신들이 갑이라고 믿고 있는 템페스트의 부모들은 이미 눈이 돌아가서 지열성을 미친 듯이 몰아붙이고 있었다.

"혹시 우리를 속이려는 거 아닌가요?"

"오해이십니다."

"오해라고요? 오해라기에는 지금 소문이 파다하게 났는데?"

'젠장.'

차라리 내용증명으로 은밀하게 접촉했다면 문제 될 게 없었을 것이다. 오션 측에서 다급한 나머지 몬스터를 이용해서 자기들을 속인 거라고 둘러대면 그만이니까.

하지만 이미 몬스터에서 민도영과 협상을 끝내고 템페스트와 협상하려 한다고 터트린 이상 그가 속이는 게 의미가 없다.

애초에 법적인 권리에 있어서도 지금 자신들은 심각한 타격을 입은 셈이다.

"속으시면 안 됩니다. 저쪽은 능력도 안됩니다. 애초에 사업해 본 적도 없는 놈들이에요."

"그렇지만 대신에 그만큼 돈도 많죠. 그리고 지난번 변호사님이 그러셨잖아요, 이 바닥은 돈이 전부라고. 언제까지 코딱지만 한 오션엔터테인먼트에 있을 거냐고. 윈드스톰에 오면 적극적으로 지원해 주겠다고."

"그거야……."

"그리고 지금 몬스터엔터테인먼트에서 그 몇 배를 지원해 주겠다는데 우리가 왜 윈드스톰 따위에 가야 하죠?"

"그 뒤에 퍼펙트가 있다는 걸 아시지 않습니까?"

"그래도 급은 맞춰 줘야 하잖아요. 저쪽은 전문 코디를 일대일로 해 주는 데다 전용기도 해 준다는데."

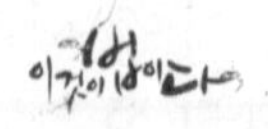

"조건에 혹하지 마세요. 코디는 일대일로 할 수 없습니다."

왜냐, 방송에서는 그룹의 공통성을 중요시하기 때문이다.

특히나 한국은 군무를 상당히 중요시하기에 복장도 맞추는 경우가 대부분이라 코디가 일대일로 붙을 수가 없다.

방송이나 행사에 나갔는데 의상이 제각각이면 자칫 혼란스럽게 보일 수 있으니까.

물론 어느 정도 연차가 차면 멤버별로 의상이 달라지지만 그것도 어느 정도 통일성이나 목적성을 갖추고 있다.

한 명이 원피스를 입고 왔는데 다른 한 명은 탱크톱을 입을 수는 없는 것 아닌가.

"거기다가 1인 1차량도 제공한다고 했다고요. 심지어 차량도 그냥 흔해 빠진 수입차가 아니라 페라리로!"

"그거야 돈을 벌면 얼마든지 살 수 있고……."

"그리고, 방송 못 보셨어요? 가족들을 위해 미국 내에 활동할 수 있게 비자 지원과 아파트를 제공한다고 했다고요. 장기적으로는 시민권과 영주권을 얻을 수 있게 해 준다고 했고요."

"그건 말도 안 되는 일입니다."

가족은 가족이고 당사자는 당사자다. 그렇기에 당사자가 돈을 벌어서 그걸로 가족에게 아파트를 사 주는 건 상관없지만, 기업이 가족에게 아파트를 사 주는 건 전혀 다른 문제다.

하지만 이미 미국, 그것도 뉴욕의 아파트라는 말에 반쯤 미쳐 돌아가고 있었다.

"저쪽에서 말이 안 되는데 그렇게 생각하는 건 아니잖아요? 우리 애들에게 그만한 가치가 있어서 그런 거잖아요? 안 그래요?"

'미치겠네.'

지열성은 속이 답답했다.

물론 이해는 간다.

애초에 이런 템퍼링을 할 때 가장 중요한 건 가족이다.

당사자가 욕심이 많아야 하는 것도 있지만 가족들이 정신이 멀쩡한 놈들이라면 보통 계약의 무거움과 의리 등을 생각해서 템퍼링을 막는다.

실제로 템퍼링을 당한 연예인이 기존 소속사의 등에 칼을 꽂기로 결정한 데에 가족의 의견이 60% 이상 반영되었다는 점을 감안하면 절대로 무시 못 할 요소라 할 수 있었다.

"하여간 우리 요구는 간단해요. 우리 애들에게 맞는 조건으로 대해 줘요."

"맞는 조건이라니요?"

"당연한 거 아닌가요? 몬스터엔터테인먼트에 준하는 조건이죠."

그 말에 지열성은 입술을 깨물었다.

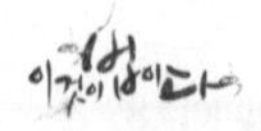

인간의 욕심은 끝이 없다. 그리고 그게 템퍼링의 원동력이다. 그러나 그 욕심이 자신들에게로 향했을 때 어떻게 해야 할지, 그는 도무지 떠오르는 바가 없었다.

고리를 걸다

템퍼링의 핵심은 바로 욕심이다. 그리고 욕심이 검증된 놈들을 공격하는 건 어려운 일이 아니었다.

-저희는 그간 소속사 사장님에게 지독한 성추행을 당하고 있었습니다.

눈물로 기자회견을 하는 퍼플의 멤버. 그 모습을 보면서 노형진은 피식 웃었다.

"너무 정석적이라서 뭐, 말도 안 나오네요. 그래서, 나온 게 있습니까?"

"네, 우리 정보에 따르면 딱 예상대로예요. 템퍼링으로 의심되는 과정을 통해 타 회사로 옮겨 간 사람들의 80%는 갑자기 현 소속사를 상대로 내용증명을 보내거나 분란을 일으키고 있어요."

고연미는 질렸다는 듯 말했다. 템퍼링이 심한 줄은 알았지만 이렇게나 심한 줄은 솔직히 몰랐으니까.

아무리 그녀가 한때 연예인이었다지만 떠난 지 오래되었고 법이 바뀐 탓이었다.

"그래요? 80%라, 생각보다 많네요? 그래도 한 50%는 남으려 할 거라고 생각했는데."

"체급이 워낙 차이 나잖아요."

"하긴, 그건 그렇죠."

물론 템퍼링을 할 때 뒤에 있는 진짜 쩐주는 자신을 감추고 그 대신 다른 작은 회사가 나서는 게 기본이다.

그런 점에서 빅엔터나 윈드스톰은 충분하게 제 역할을 하고 있었다.

"빅엔터의 뒷배가 어디라고 했죠?"

"교성생명이요."

"교성그룹 계열사군요."

"네."

"쯧쯧. 거기다 갈 데까지 갔군요."

전 회장이 살아 있을 때까지만 해도 교성그룹은 한국에서 존경받는 기업 중 하나였다. 전전 회장의 유언이 '배움에는

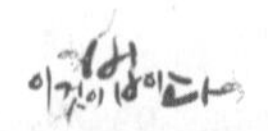

끝이 없다. 한국은 사람뿐이다. 배움을 베풀어라.'였는데, 그 유언을 전 회장이 충실하게 따랐으니까.

하지만 현 회장은 배움이고 나발이고 그냥 편하고 쉽게 돈을 긁어모을 방법만 찾고 있었다.

"그 방법 중 하나가 바로 템퍼링이군요."

"이제 와서 엔터 업계에 끼어들기는 애매하니까요."

전 세계적으로 하나의 주류가 된 한류이지만 아는 게 없는 교성그룹이라면 들어가고 싶어도 들어갈 수가 없었던 것이다.

그래서 만든 방법이 바로 템퍼링이고 말이다.

"교성그룹을 공격하시게요?"

"그럴 필요는 없습니다. 투자금을 회수하라고 압박만 하면 됩니다."

"하긴."

교성이 빅엔터에 투자했지만 그게 그냥 준 돈은 아닐 거다. 분명히 온갖 조건을 붙여서 되찾을 방법을 만들어 놨을 거다.

템퍼링을 하는 놈들은 자기가 빠져나갈 구멍은 다 만들어 두니까.

"중요한 건 그거죠, 빅엔터테인먼트가 이제 무너지기 시작했다는 거."

"그렇죠. 울트라 보이도 분위기가 안 좋아요."

"좋은 곳은 없겠죠."

한 번 배신한 놈은 두 번도 배신한다. 그건 정설이다.

"애초에 그놈들이 자기들이 데리고 있는 연예인들을 믿을 놈들도 아니고."

이제야 문제가 생겼다는 걸 깨달았겠지만 그걸 어떻게 해결해야 할지는 아마 모를 거다.

결국 자기들이 했던 그대로 서로 소송전을 해야 하는 상황.

"퍼플하고 울트라 보이는 잘 포섭해 보라고 하세요. 해결되면 데려온다는 조건으로요."

"진짜로 데려오시려고요?"

"물론 아니죠."

노형진은 비웃음을 날렸다.

"애초에 데려와 봐야 쓰레기는 쓰레기일 뿐입니다."

월드 클래스? 그랬다면 노형진의 뇌리에 최소한의 기억이라도 남아 있어야 한다.

하지만 퍼플도, 울트라 보이도 기억에 없다. 결국 그저 그런 놈들이었다는 거다.

"다만 이참에 제대로 템퍼링을 하는 놈들을 조지려는 것뿐입니다."

"알겠어요. 그러면 그쪽은 계속 진행할게요. 다만 템페스트의 경우는 영 쉽지 않은 모양인데요?"

"예상하지 않았습니까? 그래도 템퍼링 세력에 템페스트가 목소리를 높인 것만으로도 충분히 성공한 겁니다."

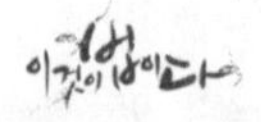

"그건 그래요."

이미 정보를 모으고 있는 상황에서 템페스트가 어떤 상황인지 모를 리가 없다.

"그러면 이제 본격적으로 이슈를 끌어야 할 시점일까요?"

"그래야지요."

템퍼링을 통해 막대한 수익을 내는 것. 그게 노형진의 계획이었다.

"이제 드림 로펌에서 본격적으로 고리를 걸 시간입니다."

드림 로펌.

마이스터가 만든, 미국에서 가장 잘나가는 거대 로펌 중 하나다. 어느 곳보다 승률이 높고, 어느 곳보다도 철저하고, 특유의 강력한 정보력으로 감춰진 진실을 잘 알아내는 드림 로펌이기에 미국에서는 의외로 유명했다.

물론 드림 로펌이라고 해서 모든 사건이 유명해지는 것은 아니다. 하지만 필요하다면, 그리고 원한다면 드림 로펌은 자기들이 원하는 사건을 유명해지게 만들 힘이 있었다.

바로 지금처럼 말이다.

쾅! 테이블을 부서져라 내려치는 여자.

그녀는 화를 주체하지 못하고 몇 번이나 다시 내려쳤다.

쾅쾅쾅쾅.

그리고 그 분노에 다들 어쩔 줄 몰라 했다.

"드림 로펌이 우리한테 징벌적 손해배상을 걸었어요. 이게 대체 어떻게 된 겁니까!"

퍼펙트의 샌디 오라클은 분노로 온몸을 부들부들 떨었다.

그녀는 체구가 작았지만, 사람들은 두려워할 수밖에 없었다. 비록 여자이지만 피도, 눈물도 없는 사업가라는 걸 누구나 잘 알기 때문이다.

여기서 눈 밖에 나면 단순히 잘리는 걸 떠나서 아예 이 바닥에서 퇴출된다는 것도.

"그게……."

"똑바로 말해요! 정보가 어디서 샌 거냐고요!"

"일단은…… 아무래도 오션엔터테인먼트에서 의뢰한 것 같습니다."

"오션? 장난해요? 그 코딱지만 한 회사가 무슨 돈이 있어서 드림에 의뢰를 해요?"

"그게……."

"똑바로 말해요! 애초에 오션이 저항하지도 못할 거라고 판단해서 이 일을 시작한 거 아닌가요?"

샌디 오라클의 말에 모두의 시선이 한쪽으로 쏠렸다. 현 상황에 대해 제대로 알 만한 사람은 단 한 명뿐이기 때문이다.

한국인 출신으로 퍼펙트의 이사진까지 올라온 남자. 제이

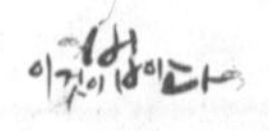

슨 최였다.

“뭔가 잘못된 겁니다. 오션엔터테인먼트에는 그 정도 돈이 없습니다. 회사를 팔아도 드림 로펌을 고용하지는 못합니다.”

“확실해요?”

“대표님, 오션엔터테인먼트는 총자산이 10억도 안됩니다. 드림 로펌에서 우리에게 청구한 징벌적 손해배상은 5천만 달러예요. 그러면 변호사비만 해도…….”

그런 경우 변호사비만 100만 달러 이상을 요구할 거다.

“오션에는 그만큼의 돈이 없습니다. 설사 낸다고 해도…….”

이기지 못한다고 하려던 제이슨 최는 순간 말문이 막혔다.

상대방은 드림 로펌이다. 일개 변호사면 모를까, 드림 로펌이라면 ‘그쪽이 이기지 못합니다.’라고는 말할 수가 없다.

“그런데 그게 벌어졌잖습니까? 이걸 어쩔 거예요!”

샌디 오라클은 기가 막혀서 말이 안 나왔다.

절대 위험할 리가 없다고 생각했다. 극동의 작은 나라. 그 나라에서 자기들에게 저항할 거라고 그 누가 생각이나 했겠는가?

그런데 그 위험이 실질적으로 다가오고 있었다.

“대표님, 진정하시고. 지금은 대책을 세우는 게 우선일 것 같습니다.”

“좋아요. 이 문제의 책임 소재를 명확히 하는 것은 나중에 하기로 하고, 지금은 대비책을 세우죠. 좋은 방법이 있어요?”

"그…… 템페스트에서 손을 떼는 것도 방법입니다."

누군가의 말에 샌디 오라클은 어이가 없다는 듯 그를 바라보았다.

"이제 와서요?"

"네."

"지금 그걸 말이라고 하는 겁니까? 이제 와서 손을 뗀다고 한들 그놈들이 조용히 물러나겠어요?"

"그렇잖아도 지금 템페스트 놈들이 좀 곤란한 요구를 하고 있습니다."

"곤란한?"

"한국에서 오션엔터테인먼트가 이적과 관련된 계약을 체결했습니다."

"이적? 누구랑요?"

"몬스터엔터테인먼트라는 곳입니다. 그리고 그 대상이 템페스트고요."

"설마?"

"네, 그쪽에서 제시한 요구를 가져와서 그 이상을 요구하고 있습니다."

"멍청한 원숭이 새끼들이!"

그 말에 샌디 오라클은 발끈했다. 비록 자기들이 지는 해라지만 그래도 미국 3위의 기업이다. 그런데 그런 곳을 대상으로 협박하다니.

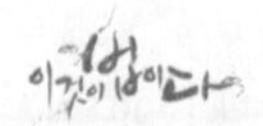

"도대체 몬스터라는 곳이 어떤 곳이기에요?"
"마이스터에서 만든 곳입니다."
"……마이스터?"
"네."
그 말에 샌디 오라클은 순간 할 말을 잃었다.
여자의 몸으로 그녀가 여기까지 오는 게 쉬울 리가 없다.
도리어 여자이기에 더더욱 힘들다. 당연하게도 그녀는 능력이 없는 사람이 아니었다. 그랬기에 지금 이 상황이 우연 같지가 않았다.
"그러니까 정리해 보죠. 오션엔터테인먼트의 변호사가 노형진이고, 미국에서 그들을 대리해서 징벌적 손해배상을 거는 곳은 드림 로펌이고, 마이스터는 몬스터엔터테인먼트를 세워서 그쪽으로 템페스트를 데려가려 한다고요?"
"네."
"이런 미친!"
그제야 노형진이 노리는 게 뭔지 알아차린 샌디 오라클은 아까와는 비교할 수도 없을 정도로 테이블을 미친 듯이 두들겼다.
그녀는 화가 극도로 났을 때 그런 행동을 하기에 다들 그저 그녀가 진정할 때까지 바라보는 수밖에 없었다.
물론 미국의 이사회는 한국의 이사회처럼 완벽하게 수직적이지는 않다. 하지만 지금 말해 봐야 아무런 의미가 없다는 걸 다들 알기에 그러는 거다.

쾅쾅쾅!

그렇게 무려 3분이 넘게 탁자를 두들긴 샌디 오라클은 심호흡하면서 말했다.

"로지 이사님."

"네."

로지라 불린 사람은 법무 쪽 업무를 담당하는 사람으로, 이번 소송을 담당하고 있었다.

"한 가지만 묻겠습니다."

"네."

"만일 우리가 템퍼링을 한 게 인정된다면 과연 손해배상이 얼마나 나올까요?"

"네?"

"우리가 한 모든 계약서가 함정이라는 걸 법원에서 인정한다면 말이에요. 그러면 손해배상액이 어느 정도일까요?"

그 말에 로지 이사는 굳은 얼굴로 말했다.

"돌려 말씀드리지 않겠습니다."

"네, 그렇게 해 주세요."

"전액 인정될 가능성이 있습니다."

"전액?"

"애초에 우리가 단순히 이중 계약을 한 게 아니잖습니까?"

그룹 한 팀을 빼 오는 게 아니라 한 회사를 망하게 하고 아예 민도영이 재기 불능이 되는 것을 노리고 함정을 판 거다.

"네."

"만일 전액 인정된다면 타격이 큽니까?"

"현시점에서요? 치명적입니다."

그렇잖아도 톱스타들과 유명 프로듀서들이 다른 곳으로 떠나려고 눈치를 보고 있는 상황이다. 더군다나 템퍼링은 한국뿐만 아니라 미국에서도 극도로 부정적으로 보는 행동이다.

실제로 모 연예인이 기존 소속사에서 나가기 위해 템퍼링을 하다가 걸렸을 적에, 그는 미국에서 톱클래스의 자리에 있었음에도 불구하고 그다음부터는 순위권은커녕 아예 나오는 것 자체를 모르는 사람들이 대부분일 정도로 관심에서 멀어졌다.

그런데 기업이 누군가를 죽이는 방식으로 템퍼링을 시도했다?

"우리 기업의 존속마저도 위험해집니다."

5천만 달러면 한화로 대략 660억. 못 줄 정도의 돈은 아니지만 그 정도로 돈이 넘치는 것도 아니다.

더군다나 재판에서 지는 시점에서 모두 이탈을 시도할 테니까 퍼펙트의 가치는 말 그대로 바닥에 처박힐 거다.

"만일……."

샌디 오라클은 머릿속에서 한 가지 가정을 생각했다. 그리고 그게 아니길 간절하게 빌었다.

하지만 직감적으로 알 수 있었다, 그 가정이 100% 맞을 거라는 걸.

"만일…… 그…… 만일 말입니다."

"네."

"마이스터에서 우리를 대상으로 공매도를 친다면 어떻게 되는 겁니까?"

그 말에 모두의 얼굴이 굳어졌다.

"공매도요?"

"마이스터의 무서운 점이 그거죠. 아닌가요?"

그들은 돈으로 부도덕한 기업을 사냥한다. 그런데 그 돈을 외부에서 끌어오는 경우도 있지만 반대로 그 기업을 공격함으로써 벌어오기도 한다.

해당 기업을 불법행위를 확인하고 공매도함으로써 돈을 벌고 그 돈으로 그 기업을 공격한다.

그러다 보니 황당하게도 부도덕한 기업은 자기들이 마이스터에 벌어 준 돈에 공격당해서 도리어 인수당하는 상황에 처하게 되는 거다.

"그게 우리 쪽에 가능하겠습니까?"

"그게……."

그게 가능한 이유. 그건 간단하다. 바로 마이스터에서 보유한 미친 듯한 정보력이다.

기업도 바보는 아니기에 자신들의 약점을 어떻게든 감추려

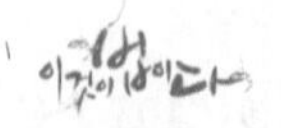

고 한다. 하지만 마이스터는 어떻게든 그 약점을 캐낸다. 아무리 잘 숨겨도, 아무리 노력해도 그 약점을 물고 늘어진다.

그 사실을 알기에 다들 얼굴이 굳어지기 시작한 거다.

"만일 말입니다, 이건 혹시나 해서 묻는 건데, 템페스트가 그 몬스터엔터라는 곳에 넘어가서 우리에 대해 불리한 증언을 한다면 어떻게 될까요?"

최악의 경우 소송 및 압박을 통해 민도영을 자살시키자. 그런 계획까지 짰던 상황이다. 그게 미국 재판정에서 드러나면?

"더 늘어날 수도 있습니다."

"더……라고요?"

"네, 아시겠지만 단순히 상대방을 망하게 하는 것만으로도 이 정도 징벌적 손해배상이 나올 수 있습니다. 그런데 최악의 경우 자살을 유도하기로 한 것까지 드러나면."

아주 낮은 확률이기는 하지만 그런 경우가 없는 건 아니다. 징벌적 손해배상을 요구했는데 재판부가 그 금액이 죄에 비해 너무 약하다고 판단하는 경우 배상액을 확 늘려 버린다.

"5천만 달러는 한화로 약 650억입니다. 그런데 기존에 판례를 보면 생명과 연관된 경우에는 1억 달러 이상 나올 가능성도 무시 못 합니다."

"그렇게 되면……."

"우리는 망하는 거죠."

퍼펙트만 망하는 게 아니다. 샌디 오라클도 망한다.

헛짓거리 해서 징벌적 손해배상을 처맞게 한 샌디를 누가 쓰겠는가?

도리어 이 모든 책임을 샌디에게 뒤집어씌운 뒤에 구상권을 청구하려고 할 거다. 그게 기업이니까.

거기까지 생각이 미치자 다들 얼굴이 사색이 되었다. 구상권을 청구하는 대상이 샌디 오라클만은 아닐 테니까.

"절대로 증언 못 하게 해야 합니다."

"그게 쉽겠습니까, 애초에 돈 욕심 하나로 넘어오는 놈들인데?"

돈으로 연결된 관계이기에 서로에 대한 믿음은 없다. 그렇기에 그들은 템페스트가 자신들을 배신할 가능성에 대해 생각하지 않을 수가 없었다.

"방법은 하나뿐이군요. 우리 쪽으로 무슨 수를 써서라도 데려와요."

"포기하는 게 아니고요?"

"지금까지 무슨 말을 들은 겁니까? 그놈들이 몬스터에 가서 혀를 나불거리면? 우리는 망합니다!"

그랬기에 퍼펙트에는 선택지가 없었다.

하지만 그들은 몰랐다. 노형진이 이것마저도 노리고 있다는 것을 말이다.

⚖

"노 변호사님!"

문이 벌컥 열리더니 고연미가 다급하게 들어왔다. 노형진은 그런 고연미의 모습에 고개를 갸웃했다.

"갑자기 왜 그러세요? 뭔 일이라도 났습니까?"

"지열성 변호사에게서 연락이 왔습니다."

"네? 무슨 연락이요?"

"조건을 정식으로 거절한다고요."

"호오?"

노형진은 그 말에 눈을 반짝거렸다. 왜냐, 그럴 거라 예상했기 때문이다.

"자세하게 말해 보세요."

"그냥 자세하게 말할 것도 없어요. 그냥 그 조건을 못 받아들인답니다. 이번에도 중간에서 커트한 걸까요?"

"아뇨. 그럴 리가 없죠."

이미 인터넷에서 신나게 떠들고 있는 사건이다.

그리고 몬스터의 조건이 압도적으로 좋다는 걸 모를 리가 없다. 그런데 이렇게 단박에 거절한다?

"고리가 걸렸군요."

"고리가 걸려요?"

"네, 제가 뭘 노리는지 퍼펙트에서 알아차렸다는 뜻입니다. 그러니까 더 좋은 조건을 내세웠을 테고요."

"아!"

그 말에 고연미의 눈이 휘둥그레졌다. 노형진이 말한 '고리'를 거는 계획. 그게 성공한 것이다.

"자기한테 불리한 증언을 막기 위해서라도 이제 퍼펙트는 치킨 게임을 해야 한다는 거군요."

"네."

노형진은 싱글벙글 웃었다.

"샌디 오라클은 똑똑한 여자입니다. 욕심이 과하긴 하지만."

노형진은 샌디 오라클을 안다. 이미 아스가르드에서 한번 만나 본 적이 있기도 하다.

'야심이 어마어마한 여자지.'

흔하지 않은 여성 CEO라 무시받아서 더 그런 건지는 모르겠지만 그녀의 야심은 어마어마했다. 돈만 벌 수 있다면, 그래서 더 높은 곳으로 갈 수만 있다면 뭐든 할 수 있는 타입이었다.

과거에 엔진의 성능을 조작해서 전 세계의 규탄을 받은 기업의 CEO와 같은 타입. 그 사실을 알기에 노형진은 템페스트를 통해 퍼펙트를 자극했다.

그녀 같은 타입은 자기 약점을 절대로 타인의 손아귀로 보내지 않는다.

"아마도 퍼펙트에서는 템페스트를 어떻게든 데려가려 할

겁니다."

"이해가 안 가요. 아시겠지만……."

"저쪽의 자세한 조건은 들으셨나요?"

"아니요. 말은 안 해 주더군요."

"그럴 겁니다."

어떻게든 템페스트를 자기들이 쥐어야 하니까.

하지만 노형진에게는 상관없는 일이었다.

"그러면 이쪽에서 가치를 더 올려 주죠."

"어떻게요?"

"음…… 계약금으로 100억을 걸어 볼까요? 아니, 그건 좀 무리군요. 50억쯤 해 봅시다."

상상도 못 한 금액에 고연미가 기겁한 얼굴을 했다.

"네? 50억이요?"

"네."

"아니, 그건 말도 안 되는……."

"상관없죠, 어차피 데려올 것도 아닌데."

협상이 종결되면 끝일까? 아니다. 종결되어야 한다.

"도장만 찍지 않으면 되는 거죠."

"저희가 도장을 안 찍는다고 하면 그…… 나중에 법적으로 항의할 텐데요."

"하하하하!"

그러자 노형진이 돌연 크게 웃었다.

그런 그를, 고연미가 불안한 눈으로 바라보았다.

"왜 웃으세요? 이건 진짜로 심각한 문제라고요."

실제로 종종 소위 말하는 '가격'을 올리기 위해 이런 블러핑을 하는 경우가 있다.

그렇기에 만일 그렇게 협상했는데 갑자기 나중에 가서 그 계약을 파기하고 계약하지 않는다고 하면 그에 따른 손해배상을 무는 것이 법의 규칙이다.

"네, 맞습니다. 우리가 도장을 찍지 않으면 법적으로 문제가 되죠."

"그런데 왜 자꾸 이런 식으로 조건을 늘리시기만 하면……."

"우리가 도장 찍으면 되는 거 아닙니까?"

"네? 그러면 말도 안 되는 조건으로 데려오는 건데요?"

"노노, 아닙니다."

노형진은 씩 웃으면서 말했다.

"우리는 말입니다, 기본적으로 이적입니다. 템퍼링이 아니라요."

"그렇죠. 그러니까…… 어…… 잠깐."

고개를 끄덕이던 고연미는 일순 행동을 멈췄다. 그 모습을 본 노형진이 빙그레 웃었다.

"네, 이제야 아시겠습니까?"

"미친? 이것도 함정이었군요?"

"네, 맞습니다. 저희가 민도영 씨에게 받은 동의서는 이적과 관련된 것이 아닙니다."

민도영과 오션엔터테인먼트로부터 받은 동의서는 이적 동의서가 아니라 이적을 위한 '사전 접촉' 동의서다. 이 두 가지는 전혀 다르다.

"법적으로 사전 접촉, 그러니까 템퍼링은 불법이죠."

하지만 회사의 동의가 있다면 문제 될 게 없다. 처벌 규정이 있는 형법적 영역이 아닌 상법적 영역인데, 상법적으로 보면 형법에서 금지한 행동이 아닌 이상 계약으로 어떤 자격이든 주는 게 불가능하지 않기 때문이다.

"그러면 템페스트는……."

"네, 저희 쪽으로 오기 위해서는 민도영 씨를 설득해야 합니다."

"그리고 그 전제 조건이 템페스트가 오션엔터테인먼트에 속해 있는 거군요."

"네."

지금 그들은 현재 오션엔터테인먼트에서 나오기 위해 소송하고 있다.

"그리고 어느 쪽이든 그들은 우리와 계약이 불가능합니다."

만일 소송에서 오션엔터테인먼트가 진다?

그러면 애초에 몬스터가 맺은 사전 접촉과 관련된 계약이 모두 취소되니 당연히 그것과 관련된 법률적 행위 역시 처음부터 다시 해야 한다.

그런데 오션엔터테인먼트가 이긴다? 그러면 이적 동의서에 오션엔터테인먼트가 사인해 줘야 한다.

그런데 오션에서 미쳤다고 사인을 해 주겠는가?

"그러면 저들이 저희 쪽으로 이적하기 위해서는……?"

"네, 저들은 오션엔터테인먼트 소속이라는 걸 주장해야 합니다."

"어…… 그렇군요."

그간은 단순히 고리로 협상할 것을 생각하던 고연미였지만 이건 미처 생각하지 못했기에 혀를 내두를 수밖에 없었다.

이건 누가 봐도 템페스트가 도망갈 수가 없는 조건이었으니까.

"그러니까 현실적으로 보면 저쪽은 어느 쪽도 주장하지 못하네요."

"맞습니다."

속하지 않았다고 하면 이쪽이 계약할 권리가 없어지고, 속했다고 하면 오션엔터테인먼트에서 이적에 대해 동의해 주지 않을 거다.

"그래서 장기적으로 보면 무조건 퍼펙트로 갈 수밖에 없다는 거군요."

"그렇죠. 하지만 퍼펙트 입장에서는 '우리'라는 조건이 있으니."

"점점 가치가 높아지겠네요."

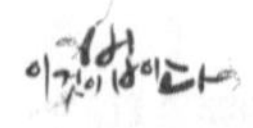

"네."

이쪽은 뭘 해도 파토가 날 수밖에 없기에 아무런 부담도 없이 계약 조건을 높일 수 있다. 하지만 퍼펙트와 윈드스톰은 계약하는 순간 그걸 실행해야 한다.

"자기 함정에 자기가 빠진 거죠."

노형진은 피식 웃었고 노형진의 계획을 들은 고연미는 얼굴이 밝아졌다.

"그러면 주저하지 않고 계약 조건을 올릴게요. 계약금은 100억으로 하죠."

"네, 퍼펙트와 윈드스톰이 얼마나 따라오는지 두고 보자고요, 후후후."

⚖

"뭐라고? 계약금 100억?"

"네."

"우리가 내민 계약금이 얼마였지?"

"원래 10억이었다가 이번에 30억으로 올렸습니다."

"그런데 저쪽에서 계약금을 100억으로 불렀다고?"

"네."

"미친 건가?"

샌디 오라클은 몬스터가 내지른 금액을 보고 너무 놀랐다.

물론 계약금 100억? 톱클래스라면 그 정도는 기본으로 깔고 들어간다. 그런데 문제가 바로 그거다, '톱클래스라면'.

템페스트? 톱클래스는커녕 이제야 미국 시장에서 반응이 조금 오는 수준이다. 계약금 100억을 줄 정도는 아니라는 거다.

"물론 못 줄 건 아니지만……."

제이슨 최가 영 찝찝한 얼굴로 말했다.

"템페스트에 과연 100억의 가치가 있는지 모르겠습니다."

"그 정도 돈이 없다고요?"

"돈이 없는 게 아닙니다. 템페스트가 미국에서 활동하면 100억 정도야 벌겠지요. 문제는 그 이상의 수익이 날지는 모른다는 겁니다."

더구나 그 100억을 회수하는 데에도 몇 년이 걸릴지 모른다. 진짜로 성공하면 단 몇 주면 버는 돈이지만 템페스트에게 그만한 상품으로써의 가치가 있는지는 누구도 모를 일이다.

"더군다나 한국에서의 소송도 길어지고 있고."

"한국에서의 소송이 왜요? 그러고 보니 이해가 안 가는군요, 미스터 최. 분명히 한국에서 진행 중인 그 계약 효력 정지 가처분 신청은 금방 끝난다고 하지 않았나요?"

"그랬습니다만."

그사이에 미국에 와서 활동하면 문제 될 게 없다.

물론 본소송에서 진다고 해도 말이다.

그리고 보통 가처분 신청이 이루어질 정도로 계약관계가

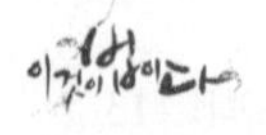

파탄 나면 본소송에서도 계약이 파기된 걸로 보는 게 한국의 기본적인 법적 기준이다.

"그거야 그런데……."

"그런데요?"

"그…… 분위기가 이상해졌습니다."

"분위기가 이상?"

"네, 한국의 법원이 갑자기 상황을 심각하게 받아들이고 계약관계를 진지하게 따지는 분위기입니다."

"어째서요?"

"몬스터가……."

제이슨 최는 정말 할 말이 없었다. 그렇다고 해서 거짓말할 수도 없었다. 이러다가는 진짜 다 죽을 판국이니까.

"몬스터엔터테인먼트가 왜요?"

"비공식적으로 템퍼링을 하고 있습니다."

"비공식적으로? 애초에 템퍼링 자체가 비공식적이에요."

상식적으로 어떤 미친놈이 대놓고 '너네 회사 사람 빼 간다.'라고 말하겠는가?

당연하게도 모든 템퍼링은 은밀하게 이루어져야 하기에 그 비공식적인 템퍼링이라는 제이슨 최의 표현이 샌디 오라클은 이해가 가지 않았다.

"단순히 은밀하게, 라는 게 문제가 아닙니다."

"아니라면?"

"템퍼링으로 의심은 되는데 추적은 못 하는 게 거의 100건이 넘습니다."

"100건이라고요?"

"네, 거의 모든 회사들에 템퍼링을 걸고 있습니다. 그중에서 진짜로 소송에 들어간 것만 해도 20건이 넘고요."

"미친 겁니까?"

템퍼링이라는 건 불법적인 행위이기에 은밀하게 그리고 절대 흔적을 남기지 않으면서 해야 한다. 그런데 100건씩이나 템퍼링을 한다면 안 걸릴 수가 없다.

"그게 문제입니다."

"그게 문제라고요?"

"네, 너무 심각하게 템퍼링 소송이 몰려드니까 재판부에서도 이게 템퍼링이 아닌가 하고 의심하는데……."

"설마……?"

"정확하게 우리와 똑같은 방법을 쓰고 있습니다."

그 말에 샌디 오라클의 표정이 굳어졌다.

자신들과 똑같은 방식으로 템퍼링을 한다? 그 말은 지금 템페스트 역시 템퍼링을 하고 있다고 충분히 추론할 수 있다는 뜻이다.

"그래서 기존과 다르게 회사들이 적극적으로 막으려고 하다 보니까……."

기존의 하나둘 정도야 템퍼링이 터져 봐야 작은 회사 하나

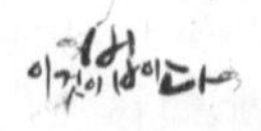

망하는 것뿐이었다. 하지만 몬스터는 자기 이름대로 괴물처럼 행동하고 있다.

소속도 상관없이 그냥 닥치는 대로 사냥하듯이 템퍼링을 하고 있다는 것.

"그러니까 지금 템퍼링이 수면 위로 올라왔다는 거네요?"

"맞습니다."

"미친."

가장 감춰야 하는 걸 수면 위로 끌어 올렸으니 당연히 반발이 생길 수밖에 없고, 당연히 그 상황도 이상하게 굴러갈 수밖에 없다.

드러나서는 안 될 진실이 드러나기 시작했으니 재판부도 사건을 진지하게 판단할 수밖에 없고 말이다.

"현시점에서 재판에서 이기기를 기대하기는 어려울 것 같습니다."

그 말을 들은 샌디 오라클은 모든 게 잘못되고 있다는 생각에 손이 바들바들 떨릴 수밖에 없었다.

⚖

-강양철, 소속사에 계약 효력 정지 가처분 신청

-김혜은, "성적 차별로 인해 피해 입어. 현 소속사와 함께할 수 없어"

-박권태, 소속사 사장 업무상 횡령 및 배임으로 형사 고소

-꼬리에 꼬리를 무는 계약 효력 정지 가처분 사태. 진실은?

“난리네, 난리야.”

노형진은 혀를 끌끌 찼다.

떡밥을 너무 쉽게 물어 버리니까 사람들이 지금 벌어지는 사태를 어이가 없을 정도로 진지하게 지켜보고 있었다.

“이해가 안 가네요. 이쪽에서 포섭한 건 사실이지만.”

연예인이 템퍼링을 하면 소문이 안 나려야 안 날 수가 없다.

물론 방송국이야 알 바 아니고, 인기가 있다고 하면 그게 살인범이라고 해도 쓰기 때문에 지금까지 문제가 없었겠지만.

“아무리 그래도 그렇지, 이렇게 집단으로 한다고요?”

“당연한 겁니다. 선착순이니까요.”

“선착순?”

“몬스터가 닥치는 대로 템퍼링을 시도한다지만 그것과 별개로 한국의 모든 사람을 받아들여 줄 수는 없잖아요?”

“그거야 그렇죠?”

소속사가 아무리 규모가 크고 잘나간다 해도 같은 기업에서 같은 이미지의 배우나 가수를 동시에 키우는 경우는 드물다.

예를 들어 걸크러시 이미지인 걸 그룹이 있다면 동일한 이미지의 걸 그룹을 새로이 키우거나 인수하지는 않는다.

왜냐, 이미지가 겹치기 때문이다.

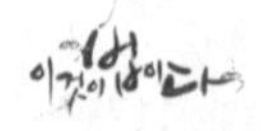

여럿을 키우면 하나에만 집중할 수가 없다는 걸 알기에 아무리 잘나가도 보통은 이미지별로 한 명만 키운다.

"그러니까 먼저 오는 놈이 임자라 이거죠."

"하지만 아무리 그래도 그렇지, 소속사에 칼을 꽂아요?"

"인간의 욕심에는 끝이 없으니까요."

내가 저기에 가면 더 성공할 거다. 내 능력은 이 정도가 아닌데 회사가 무능해서 내가 성장하지 못하는 거다.

실제로 템퍼링에 속아 넘어가는 사람들은 그런 생각으로 배신하고 도망가려 한다.

"절대로 본인들의 능력이 부족하다는 걸 인정하지 않죠."

노형진은 피식 웃으며 말했다.

"아시잖습니까? 결국 그들 자신이 멍청해서 그런 겁니다."

"그렇지요."

양심도 결국 지능이다. 그걸 입증하는 연구 결과는 숱하게 많았고 수많은 학자들이 그렇게 말했다.

당연히 양심 없는 놈들이 지능이 떨어진다는 뜻이다. 그런 놈들이 과연 성공할 수 있겠는가?

자기만 잘났다고 생각하는 놈들은 현장에서도 갑질을 하고 스태프를 괴롭힌다. 당연히 그 사실이 소문나면 다음부터는 그 사람을 부르지 않는다.

PD 입장에서는 자기네 인기를 위해 유명한 사람을 불러야 하지만 그 사람은 스쳐 지나가는 사람일 뿐인 데에 비해 같은 방송국에서 같이 일하는 다른 스태프들은 계속 봐야 하는 사람이라 그들의 의견을 완전히 무시하지 못한다.

"그러니까 자기가 못나서 기회를 잡지 못하니까 튀어 나가고 싶어 한다 이거군요."

"네, 맞습니다."

그래서 그들이 너도나도 나오기 위해 몸부림치는 거다.

"다른 데로 가면 자기가 성공할 거라 믿는다니."

"지능이 떨어지니까요."

물론 확률이 높은 건 사실이다. 돈이 많다는 건 기회를 더 많이 잡을 수 있다는 소리니까.

그러나 돈의 무서운 점은 그 존재 가치보다는 그걸 통해 거의 무한대로 기회를 제공할 수 있다는 것이다.

부자들은 도전을 두려워하지 말라고 하지만 그건 그들이 백 번이고 천 번이고 도전할 수 있기 때문이다. 가난한 사람들은 한 번의 도전이 실패하면 그걸로 끝이다.

"중요한 건 그들이 자기들이 성공할 거라 믿기에 다른 사람들이 눈에 들어오지 않는다는 거죠."

거기다 기본적으로 템퍼링은 은밀하게 이루어진다.

그렇다 보니 외부에서 지켜보는 기업이나 법원과 달리 내부에 있는 연예인은 자기들이 어떤 상황에 처한 건지 모를 거다. 그러니 어떻게든 몬스터로 옮겨 가려고 할 거다.

"자, 이제 슬슬 시간이 된 것 같은데 말이죠."

노형진은 그렇게 말하면서 힐끔 시계를 보았다. 그리고 때마침 마치 기다렸다는 듯 노형진의 핸드폰이 울렸다.

"네, 노형진 변호사입니다."

—노 변호사님, 저 박상규입니다.

"아, 네."

—말씀하신 대로 저쪽에서 연락이 왔는데요. 어떻게 할까요?

"뭐, 애초에 목적이 중재였으니 자리 한번 만들어 주세요."

—알겠습니다.

미리 이야기는 다 되어 있었기에 통화 자체는 짧았다.

"역시 박상규 씨한테 중재를 요청했군요."

"네, 맞습니다."

만일 이런 미친 듯이 템퍼링을 다른 기업들이 본다면 어떻게 행동할까? 그냥 모른 척할까?

그럴 리가 없다. 왜냐하면 자신들이 망할 테니까.

영향력도, 돈도 밀리는 상황에서 자사 연예인을 지키는 건 쉬운 일이 아니다.

"사실 말이 150건이지, 그게 쉽습니까?"

공식적으로 접촉한 것만 150건.

저쪽에서 얼마나 파악하고 있을지는 모르겠지만 몬스터가 닥치는 대로 먹어 치우려 한다는 걸 모를 리가 없다.

"그리고 그걸 막아야 하고요."

"그렇죠. 제가 이러는 이유를 저쪽이 모를 리가 없거든요."

얼마 전까지만 해도 함께 템퍼링을 막겠다고 설득하던 노형진이다. 그런데 그런 노형진이 갑자기 나서서 모든 걸 쓸어버리겠다고 한다?

그런 그가 뭘 원하는지 못 알아차릴 정도로 멍청한 인간은 없을 거다.

"거기다 실제로 소송도 실행 중이고요."

재판부도 지금쯤 템페스트에 관련된 가처분 소송을 끝내야 하지만 분위기가 이상해지자 섣불리 끝내지 못하고 있는 상황.

"역시 인간은 목에 칼이 들어와야 일한다니까요."

노형진은 코웃음을 치면서 말했다.

"이제 어떻게 변명하는지 두고 보자고요, 후후후."

반격의 서막

얼마 후 서울에 있는 엔터테인먼트조합의 대형 회의실에 각 엔터테인먼트의 사람들이 모여들었다.

그들은 노형진을 설득하기 위해 노력했다.

"노 변호사님, 저희가 잘못했습니다. 그만하세요. 저희가 욕심이 과했습니다."

"죄송합니다. 잘못했으니까……."

불법이지만 걸리지만 않으면 된다고 생각했던 사람들은 다급하게 노형진을 말렸다.

"이러다간 다 죽습니다."

"아, 그래요? 잘 아시네요? 그런데 어쩌나?"

노형진은 의자에 기댄 채로 피식 웃으며 말했다.

"죽이는 게 목적인데."

"네?"

"그렇잖습니까? 같이 살자고 말하는 사람 앞에서 뒤통수에 칼을 꽂아 버리겠다고 대놓고 말하는 사람들을 어떻게 믿고 함께합니까? 죽여야지."

그 말에 다들 얼굴이 핼쑥해졌다.

"한두 번 해 본 솜씨들이 아니시던데? 그런데 저라고 하지 말라는 법은 없죠."

사실 이런 템퍼링에서 가장 큰 죄악은 바로 상대방을 망하게 하는 행동이다.

그냥 소속사에서 나간다?

그걸로 끝이라면 소속사는 차라리 인성 봐 가면서 조심해서 다른 사람들을 키우면 된다.

하지만 그러기가 어려운 게, 중소 소속사들은 이게 마지막 기회인 경우가 대부분이다. 투자금을 토해 내지도 못하고 그렇다고 추가적인 투자도 받아 내지 못하니까.

그래서 보통 템퍼링을 하는 연예인들은 소속사를 망하게 하는 데 집중한다. 그래야 손해배상의 당사자가 사라져서 자기들이 더 이상 상대방에게 돈을 주지 않아도 되기 때문이다.

"자기들이 당할 거라고는 생각 못 하셨나 봐요?"

다들 그 말에 서로를 바라보았다. 그리고 그중 일부는 고개를 들지 못했다. 자기들이 한 짓거리가 있으니까.

"뒤에 있는 쩐주들에게 전해 주세요, 언제든 덤비시라고. 단, 둘 중 하나는 뒈질 각오 하고 덤비시라고."

"자 자, 노 변호사님. 진정하시고."

노형진이 공격적으로 나가자 박상규가 애써 그런 그를 말렸다.

"다 그런 것도 아니지 않습니까?"

"하긴, 그건 그렇죠."

템퍼링을 하는 놈들도 섞여 있지만 사실 템퍼링은 하는 놈들만 한다. 그리고 여기에 있는 대부분의 사람들은 템퍼링을 하지는 않았다.

그럼에도 불구하고 노형진이 그들을 공격한 이유는 간단하다. 템퍼링을 막기 위해 힘을 합치자는 노형진의 요청을 거절했기 때문이다.

"템퍼링이라는 게 한두 번도 아니고, 우리도 이제 그에 대한 답을 내기는 해야 합니다."

"그렇지만……."

그때 누군가가 그래도 자존심이 남아 있는지 불만스러운 얼굴로 입을 삐쭉거렸다. 노형진은 그런 그를 보면서 피식 웃었다.

"조 사장님, 그, 아트비트가 안 나간다고 하니까 자존심 챙기는 겁니까?"

조 사장은 그 말에 얼굴이 굳었다.

사실 몬스터엔터가 한 템퍼링 시도가 150건이지, 그들 중에서 진짜로 나가겠다고 한 숫자는 20건밖에 안 된다. 그래도 대부분의 연예인들은 거기에 흔들리지 않고 계약을 지키겠다고 하는 편이었다.

"확실히 아트비트 정도 되면 의리를 지키겠죠."

노형진은 거기까지 말한 후에 단호하게 말했다.

"계약 기간을 지키면 끝이니까요."

"뭐라고요?"

"차기 그룹 계획 있으세요?"

"그……."

조 사장은 그 말에 얼굴이 붉어졌다. 확실히 없다.

"지금이야 아트비트가 수익을 내주고 있다지만 3년 후에 계약이 끝나는 걸로 알고 있는데 그 이후에는 뭐로 먹고사시려고요? 다음 그룹이 성공하다는 보장은 있습니까?"

"그……."

그 말에 조 사장이라 불린 인물의 얼굴이 시뻘게졌다.

"그러니 이참에 뽕을 뽑으세요. 미친 듯이 굴리시면 아마 조만간 소송을 걸 테니까."

"노 변호사, 이건 너무한 거 아니오?"

"너무하다고요?"

그 말에 욱해서 항의하는 사람들. 그러나 노형진은 할 말이 있었다.

"너무하다라……. 제가 죽이려고 한다니까 찍히는 게 두려워서 꼬리 마는 분들이 왜 이러실까?"

"우리 사정을 알면서……."

"네, 알죠. 아니까 이러는 거죠. 저쪽이 무서워서 찍소리 못 하니까 이쪽이 더 무서워져야지요. 안 그렇습니까? 저쪽에게 뒈지든가, 이쪽에게 뒈지든가."

"……."

노형진의 노골적인 말에 다들 할 말이 없어서 눈치만 살폈다.

"제가 모를 것 같습니까? 그런데 막을 기회가 와도 자기 혼자 살겠다고 배신하는데 제가 왜 살려 줘야 하죠? 모두가 배신해야 사는 구조라면 차라리 제가 먼저 배신하겠습니다."

노형진의 말에 다들 할 말을 잊어버렸다.

그간 노형진이 엔터테인먼트 업계에서 상생하기 위해 노력한 건 알고 있었다. 그렇기에 이번에도 적당히 읍소하면 물러날 거라 생각했다.

하지만 그들이 몰랐던 건 노형진이 착한 것과는 별개로 뒤통수치는 놈들과는 함께하지 않는다는 거였다.

"저희가 뒤통수친 건 아니지 않습니까?"

그렇게 말하면서 시선을 돌려 몇몇 사람들을 바라보는 사람들. 그리고 그 시선을 받은 사람들은 떨떠름하게 시선을 피했다.

그도 그럴 게 그들이 템퍼링을 하는 기업을 운영하는 사람들이었던 것이다.

“물론 그렇죠. 하지만 저는 말입니다, 어디까지나 그 피해자를 지키려는 거지 그 피해자가 스스로 지킬 생각을 하지 않으면 절대 나서지 않습니다. 아실 텐데요? 법 위에서 잠자는 자는 보호받지 못한다.”

“그거야 그렇지만…….”

그때 참다못한 한 남자가 결국 크게 소리를 질렀다.

“우리라고 해서 그런 걸 원하지 않는 게 아니지 않소? 하지만 쩐주들이……!”

이게 문제였다. 템퍼링을 하는 기업들의 뒤에는 쩐주들이 있다.

템퍼링을 할 때는 생각보다 많은 돈이 들어간다. 소송비용이나 위약벌 같은 거 말이다.

그렇기에 대부분의 경우 대신 실행하는 누군가를 앞세우고 쩐주들은 뒤에서 조종한다.

‘템페스트 사건에서 쩐주는 퍼펙트고, 가면은 윈드스톰이 쓴 거고.’

그걸 알기에 노형진은 이들을 묶으려고 하는 거다. 절대로 개별적인 방식으로는 싸워서 이길 수 없으니까.

아니, 개별적으로 싸워도 이길 수 있을지도 모른다. 하지만 그건 어디까지나 노형진을 고용해야 이기는 거지, 고용하지 않으면 질 수도 있다.

범죄를 근본적으로 막으려면 관련된 법을 고치는 게 제일 빠르다.

"그러니까 같이 싸워야지요. 그런데 싫으시다면서요? 그러면 우리는 각자 혼자 싸워야 하는데, 돈이 들죠. 그런 상황에서 돈이 되는 게 있는데 제가 하지 않을 이유가 있나요?"

노형진의 말에 다들 아무런 말도 하지 못했다. 노형진의 말이 맞으니까.

"선택지는 두 가지뿐입니다. 저랑 싸우시든가, 아니면 쩐주랑 싸우시든가."

노형진은 보통 이렇게 극단적인 선택을 강요하지는 않는다. 하지만 시간은 없고, 이걸 막기 위해서는 개인이 아닌 조직의 힘이 필요하기에 달리 선택지가 없었다.

"그게……."

그리고 다들 눈치를 보는 상황. 그때 갑자기 누군가가 자리에서 벌떡 일어났다.

"더 이상 들어 줄 가치가 없구만. 어디서 협박질이야!"

그 말에 노형진은 목소리가 들리는 쪽으로 고개를 돌렸다. 그러고는 피식 웃었다.

'언제 나오나 싶었다.'

화를 내는 남자는 윈드스톰 매니지먼트의 한방만이었다.

'하긴, 그간 만날 일이 없기는 했지.'

한방만은 윈드스톰 매니지먼트를 운영하면서 퍼펙트를 대

신해 지금 템페스트에 대한 템퍼링을 맡고 있는 곳이다.

하지만 비공식적으로 하는 것이기에 뒤에서 슬며시 물러나 있었고, 그래서 그간은 접점이 없었다.

그러나 자기들을 노리고 있다는 걸 모를 리가 없으니 당연히 그가 노형진에게 반발하지 않을 리가 없었다.

"그만둡시다. 우리는 동의 못 하니까."

"그러면 가세요."

"뭐요?"

"가시라고요. 동의하지 않는 사람들은 가시면 됩니다."

"이익!"

그 말에 그는 이를 박박 갈더니 결국 밖으로 튀어나왔다.

그리고 그 뒤를 따라 몇몇 기업들이 나갔다.

하지만 노형진은 그들을 붙잡지 않았다. 템퍼링으로 세를 불리던 놈들이니까.

"자, 이제 이야기가 정리된 것 같은데."

"후우……."

그 모습을 지켜보던 박상규가 질렸다는 듯 고개를 흔들었다.

"노 변호사님, 진짜로 싸울 겁니까?"

"싸워야죠."

"저 뒤의 쩐주들은 장난 아닌데요?"

"아니, 말을 바꿉시다. 저 뒤의 쩐주들이 과연 저랑 싸우려고 할까요?"

"하긴, 그것도 그러네요."

물론 쩐주들이 힘을 합한다면 노형진과 싸워 볼 만하다. 마이스터가 한국에서 자본으로 전쟁하려 하지는 않을 테니까.

"하지만 최소한 자신들이 표적이 되면 죽는다는 건 알 테니까요."

돈 벌겠다고 남을 죽이는 템퍼링을 하는 놈들이 이기적이지 않을 리가 없으니 당연히 한데 뭉쳐서 노형진에게 저항하려 하지는 않을 거다.

"그러니 우리가 뭉쳐서 정부를 압박한다면 그들이 그걸 막으려고 섣불리 나서지는 않을 겁니다."

그리고 법이 통과되면 템퍼링 문제는 많이 해결될 것이다.

"저기, 그런데 말입니다."

노형진이 단호하게 선을 긋는 그때, 한 사람이 걱정스럽게 말했다.

"다른 데는 몰라도 윈드스톰은 무시하시지 않는 게 좋을 거예요."

"뒤에 퍼펙트가 있다는 건 알고 있습니다."

"아뇨, 퍼펙트를 말하는 것이 아니라……. 윈드스톰 뒤에는 기자가 있습니다."

"기자라면?"

"안수라 기자요."

그 말을 하면서 눈을 찡그리는 남자. 그런데 안수라의 이름이 나오자마자 박상규조차도 눈을 찡그렸다.

“누구기에 다들 그러십니까?”

“질이 좋지 않은 기자입니다. 이름이 안수라인데, 그 여자가 나타나면 아수라장이 된다고 비웃기도 합니다. 그리고 방송계에서 권력이 상당히 강한 편입니다.”

“권력이요?”

“네.”

노형진은 그 말에 고개를 갸웃했다.

기자의 권력이 강하기는 하다. 하지만 그렇다고 방송계에서도 권력이 강한 것은 아니다.

“인맥이 좋은가 보군요?”

“좋다기보다는…… 음…… 그 남편이 방송국의 시사부 부장입니다.”

“아아~.”

노형진은 그제야 알겠다는 듯 고개를 끄덕거렸다. 그렇다면 확실히 권력이 강하기는 할 거다.

“그러니까 그쪽을 통해 압박하려 할 가능성이 높습니다.”

“그거야 어쩔 수 없죠.”

“네? 어쩔 수 없다고요?”

“네, 누군가는 그쪽을 편들어 줄 겁니다.”

“네.”

“그러니까 제가 미리 떡밥을 던져서 그쪽에서 뭐라고 하든

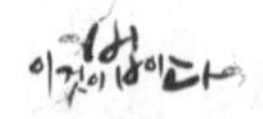

완전히 묻혀 버리게 하면 됩니다."

"떡밥이라고 하면?"

"이제 슬슬 당겨야지요."

노형진은 씩 하고 웃었다.

"고리도 걸었고 줄도 준비되었으니까요, 후후후."

얼마 후, 공매도에 관련된 새로운 뉴스가 소문났다. 그리고 그건 혼란을 야기했다.

"이게 뭔 생각이야?"

"대놓고 공매도를 한다고?"

"뭐 하자는 거지?"

마이스터의 공매도 소식에 다들 사람들은 관심을 가졌다.

그도 그럴 게 공매도는 성공하면 엄청난 수익이 생기기 때문이다. 그래서 공매도는 조용히 사람을 모아서 기습적으로 저지르는 경우가 대부분이었다.

그런데 마이스터에서는 그걸 대놓고 이야기하고 있었다. 심지어 같이 투자하자는 사람들을 모으겠다고 발표해서 사람들은 난리가 났다.

"그러니까 퍼펙트 매니지먼트에 공매도를 하자는 거야?"

"이해가 안 가네. 아니, 대체 그게 무슨 소리야?"

당연히 그 이야기는 방송국에도 빠르게 퍼졌다.

"너 모르냐? 퍼펙트에서 이번에 윈드스톰을 통해 템페스트를 작업 쳤잖아."

"뭐? 나야 사회 쪽이라 모르지. 뭔 일 있었어?"

휴게실에서 모인 직원들은 당연히 공매도 이야기를 하지 않을 수가 없었다. 미국의 사건이 한국에서 영향을 주는 초유의 사태였으니까.

"모르냐, 퍼펙트에서 템퍼링 한 거? 그거 관련 증거를 미국의 드림 로펌에서 다 챙겼다나 봐."

"그거야 알지. 그 사건이야 뭐, 알 만한 사람은 다 알잖아?"

언론에서 크게 떠들지 않아서 그렇지, 그게 템퍼링이라는 것쯤은 언론사에서 일하는 사람들은 다 알고 있었다.

"그런데?"

"그걸 미국에서 문제 삼았나 봐."

"그게 가능해?"

"가능하다고 하더라고. 그 소송을 미국 뉴욕에서 하는 걸로 계약서가 작성된 모양인데?"

"헐, 그러면?"

"그래, 확실하게 미국에서 소송할 수 있어."

이야기를 듣던 PD는 혹했다. 왜냐, 그 말인즉슨 돈을 벌 수 있는 기회라는 것을 의미하기 때문이다.

"그래서, 그 관련 자료들은 어떻게 확보했대?"

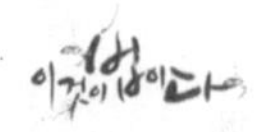

"했지. 솔직히 말해서 지금 한국에서 이게 템퍼링이라는 걸 모르는 사람이 더 병신 아니야?"

"그건 그래."

물론 인터넷이나 기사에서 정보를 얻는 대부분의 사람들이야 아직은 템페스트가 선이라고 생각할지도 모른다.

그러나 대중의 관심은 의미가 없다. 왜냐, 사건이 벌어지는 장소가 미국이니까.

"그럼 여기서 성공하면?"

"그러니까 마이스터에서 이번 기회에 아예 훅 보낼 모양이던데? 청구 금액이 5천만 달러라더라."

"미친, 왜? 그 정도로 청구가 가능해?"

"가능하니까 소송을 걸었겠지."

그런데 다들 그렇게 떠들어 대는 그때, 옆에 있던 직원 한 명이 끼어들었다.

"선배님, 그건 마이스터에서 그 템퍼링과 관련된 증거를 가지고 있다는 뜻 아니에요?"

"그렇겠지? 사실 그런 증거가 아예 없다고 보기는 힘들고. 한국 법원이 병신 같아서 이 지랄이 난 거지. 대놓고 템퍼링 한 게 어디 한두 번이냐?"

그럼에도 그간 재판부는 철저하게 연예인 편을 들어 줬다.

이유는 두 가지다.

첫 번째, 기존에 워낙 개판을 친 엔터 업계의 업보다.

연예인을 노예 취급하면서 갈취한 업보가 쌓이고 쌓여서 사람들의 뇌리에 '소속사=나쁜 놈'이라는 이미지가 박혀 버렸기 때문이다.

그리고 두 번째는 바로 한국에 심하게 퍼져 있는 언더 도그마다.

분명 연예인은 약자다. 그건 부정할 수 없다.

성공한 후에는 절대적인 갑이 되겠지만 적어도 이 소송이 시작되는 시점에는 그들이 약자인 게 사실이다.

그리고 언더 도그마 때문에 사람들은 약자가 선하다고 믿는다. 그렇다 보니 재판하는 판사들도 자연스럽게 그들을 편들어 주게 된다.

회사 편을 들어 주면 자기가 욕먹으니까.

그래서 대부분의 경우 소송하게 되면 이기는 건 소속사가 아닌 연예인이다.

"그런데 상황이 이상하잖아."

"이상하다니요?"

"한국 재판부에서 가처분을 인용했다고 쳐 봐. 그런데 그 뒤에 미국에서 징벌적 손해배상을 인정하면? 이건 대놓고 템퍼링을 인정했다는 뜻인데 한국 재판부가 가처분을 하겠어?"

"어? 아, 그러네요?"

"내가 재판부라면 가처분 인용 안 할걸."

"그러겠네요. 그랬다가 미국에서 뒤집어지면 자기 무능만

드러나는 꼴이니까."

"그렇지."

더군다나 미국에서 징벌적 배상이 결정되면 상황이 웃기게 굴러가게 되는 거다.

"미국에서 한국의 가처분 신청을 참고하지 않을까요?"

"하겠냐? 정식 재판도 신경 쓰지 않을 텐데?"

"그러면?"

"그래, 한국 재판부 입장에서는 거기 눈치 보느라 가처분을 기각할걸."

오랜 경험상 PD는 그렇게 되리라는 것을 알 수 있었다.

"더군다나 지금 분위기가 지금 안 좋잖아. 알잖아, 지금 템퍼링 때문에 다들 분위기가 뒤숭숭한 거."

"그건 그래요. 템퍼링 때문에 경계심이 장난 아니죠."

소속사들이 하나같이 템퍼링에 대해 항의하고 의견서를 제출하는데 법원에서 마냥 무시할 수도 없다.

"이런 상황에서 과연 템페스트가 이길 수 있겠어?"

"그러면?"

"그래, 템페스트가 진다는 것 자체가 템퍼링이라는 게 인정된다는 거잖아."

그러면 과연 미국의 소송이 어떻게 될까?

"지금이라도 공매도에 돈 넣어야 하나?"

"하는 것도 나쁘지 않겠지."

다들 고개를 끄덕거렸다.

"지금 아니면 언제 우리가 큰돈 좀 만져 보겠어?"

그들은 그렇게 이야기하면서 서로의 의견을 모았다.

"그럼 우리도 의견서를 한번 내 볼까?"

"의견서요?"

"그래, 누가 내든 상관없잖아?"

"그거야 그런데……."

"이기면 우리도 큰돈을 만질 수 있는 거야."

그 말에 다들 눈을 번뜩거렸다.

"그 전에 마이스터에 연락해서 공매도부터 들어가야 하는 거 아니에요?"

"아, 그렇지?"

다들 마음이 급해졌다.

"이번 달에 보너스가 얼마나 나오려나?"

어느새 그들의 머릿속에서는 계산이 복잡하게 굴러가고 있었다.

"이게 아닌데?"

안수라는 자신의 기사에 달린 악플들이 이해가 가지 않았다.

한방만의 부탁을 받고 뉴스를 쓰는 거야 처음도 아니었다.

언제나처럼 자신이 언론에 한 번만 기사를 쓰면 그다음부터는 다른 기자들이 서로 베껴 쓰면서 자연스럽게 여론이 조성되었다.

그랬는데.

—돈 얼마나 받으심?

—윈드스톰 필사적이네.

—이야, 아직도 이러는 기자가 있네?

자신의 기사에 달린 댓글들은 오로지 욕과 빈정거림뿐이었다.

"도대체 무슨 일이 벌어지고 있는 거야?"

보통 이런 기사를 쓰면 가장 먼저 달리는 글은 소속사를 욕하는 글이다. 그런데 욕은커녕 도리어 기자인 자신만 욕하고 있다.

"미치겠네. 이게 아닌데."

안수라는 떨떠름한 얼굴로 다시 한번 기사를 올릴까 고민했다. 하지만 여기서 또 기사를 올려 봐야 까딱 잘못하면 좌표가 찍힐 가능성이 있기에 그러기도 애매했다.

그 순간 핸드폰이 울렸다.

"네, 안수라 기자입니다."

—안 기자, 이건 이야기가 다르잖아? 우리 실드 쳐 준다면

서? 실드 쳐 준다는 게 고작 기사 하나요?

"한 사장님, 지금 분위기 안 보여요? 다들 템퍼링이라고 확신하고 있는데?"

—아니, 그거야 일부고…….

"일부가 아니라 거의 정설이라고요. 지금 한두 건이 아닌데."

—한두 건이 아니라니?

"한 사장님, 모른 척하지 마세요. 지금 템페스트랑 똑같은 방법으로 걸린 소송만 20건이 넘어요. 재판부가 바보도 아닌데 그걸 이상하다고 생각 안 하겠어요?"

—그건 우리가 한 게 아니야.

"그건 중요하지 않죠. 지금 중요한 건 대놓고 템퍼링 한다는 티가 난다는 거예요. 아무리 제가 언론을 통해 뉴스를 흘린다고 해도 다른 뉴스가 훨씬 더 많은데 여기서 뭘 더 어쩌라는 거예요?"

—우라까이는 걱정하지 말라면서?

그 말에 안수라는 한숨이 나왔다. 평소라면 그랬다. 평소라면.

"지금은 그게 안 된다니까요."

보통 업계의 큰 선배인 자신이 기사를 쓰면 후배들은 열심히 퍼 나른다. 하지만 지금은 다르다.

"지금 후배들이 뭘 쓰는지 알아요?"

—뭔데?

“퍼펙트의 징벌적 손해배상이랑 퍼펙트에 대한 공매도요. 이 부분에 대해 아는 거 있어요?”

—…….

“빨리 말해요. 나라도 알아야 대응책을 세우죠.”

—아는 거 없어. 미안한데 우리, 이 이야기는 여기까지 해야겠네.

그러고는 다급하게 전화기를 끊어 버리는 한방만.

안수라는 눈을 찡그렸다.

“누굴 바보로 아나.”

이미 정보는 널리 퍼져 있다. 그리고 현시점에서 자신들이 불리하다는 것도.

“이렇게 되면 내가 같이 침몰할 이유는 없지.”

안수라가 부탁받은 건 부탁받은 거고, 이 상황에서 침몰하는 세력과 굳이 같이할 이유는 없었다.

“내가 아는 대로 한번 썰을 풀어 볼까?”

안수라는 윈드스톰을 배신하기로 마음먹고 그대로 열심히 글을 쓰기 시작했다.

그렇게 하나둘, 템페스트 주변의 모든 게 끊어지기 시작했다.

“이게 무슨…….”

샌디 오라클은 최악의 상황에 눈을 질끈 감았다.

예상은 했다. 하지만 결국 공매도가 터지는 건 막을 수가 없었다. 그리고 그 소문은 빠지게 퍼지고 있었다.

"대표님, 클라라 씨가 계약 갱신을 거절했습니다. 그리고 벤자민 씨 역시……. 에빈 씨는 연락이 두절되었고……."

"오해라고 설명은 해 봤나요?"

"오해라고 설명해 봤습니다만, 아시지 않습니까?"

"후우."

안다, 그들쯤 되면 별도로 정보를 얻는 게 어렵지 않다는 것을.

클라라는 자신들의 회사에서 알아주는 가수고, 벤자민과 에빈은 전설적인 프로듀서다. 그러니 아무리 놀고먹는 시간이 길었다 해도 템퍼링에 대한 정보를 구하지 못할 정도로 무능하지는 않을 거다.

그리고 절대로 해서는 안 되는 행동을 한 회사에 대한 믿음이 사라지는 건 어떻게 보면 당연한 일.

"일단 외부에는 오해가 있었다고 발표하세요. 그 후에……."

"그 후에……?"

"……끄응."

수많은 위기를 헤쳐 온 샌디 오라클이지만 지금 상황에서는 벗어날 방법이 보이지 않았다. 아무리 생각해도 지금까지 진행된 이 상황에서 어떻게 헤어나야 할지 알 수가 없었다.

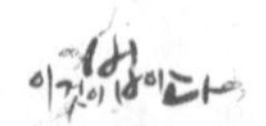

'너무 만만하게 생각한 건가?'

극동의 작은 나라.

그러니 어렵지 않게 빼앗을 수 있을 거라 생각했다.

그런데 도리어 이쪽이 역습당하고 있었다.

"제이슨 최는 뭐라고 하던가요? 분명히 제가 회사에 들어오라고 이야기했을 텐데요?"

"연락 중입니다."

"연락 중이다? 지금 그 말은 연락이 되지 않는다는 겁니까?"

"그렇습니다."

"이놈이!"

템퍼링을 하자고 이야기한 것도 제이슨 최고, 그 표적을 정한 것도 제이슨 최다. 그런데 일이 이 지경이 되자 도망가다니.

"당장 찾아오세요, 무슨 수를 써서라도."

"알겠습니다. 그러면 소송은 어떻게 할까요?"

"협상의 가능성은 있습니까?"

"없다고 봐야 할 것 같습니다, 이미 소문이 파다하게 나서."

"현시점에서 가장 좋은 방법은요?"

"템페스트를 무슨 수를 써서라도 데려오는 겁니다."

"미치겠군요."

템페스트를 포섭하기 위해 템퍼링을 시도했다. 당연하게도 템페스트가 그것과 관련된 모든 증거를 쥐고 있을 수밖에 없다.

그런 만큼 그들이 입을 열면 모든 면에서 이쪽이 불리하니 절대로 그들이 입을 열지 못하게 해야 한다.

문제는 그들의 요구가 갈수록 점입가경이라는 거다.

“그래서, 그쪽 요구가 뭡니까?”

“계약금 500억, 전용기 지급입니다. 그리고 뉴욕에 가족과 생활할 수 있는 멤버별 주택 지급입니다.”

“미친 새끼들!”

그 정도면 미국에서도 톱클래스 중의 톱클래스에게만 부여되는 수준의 혜택이다. 심지어 그것도 그룹이 아닌 솔로 가수에게만 해당된다.

아무리 멤버들이 잘나간다 해도 인원수별로 나누면 인당 수익이 떨어지니까.

그런데 지금 한국 톱클래스의 가수도 받지 못하는 조건을 그들이 들이민다는 사실에 샌디 오라클은 기가 막혔다.

“도대체 어쩌다 그렇게 된 겁니까?”

“몬스터랑 경쟁이 붙어서 그렇게 되었습니다.”

“저쪽에서 조건을 얼마나 제시했기에요?”

“지금 템페스트가 저희에게 요구한 조건입니다.”

“뭐요?”

그 말에 샌디 오라클은 기가 막혔다.

“그러니까 지금 몬스터가 이 조건을 저들에게 제시했단 말인가요?"

"네."

"미친 겁니까?"

상식적으로 있을 수 없는 조건이다. 그런데 그 조건을 제시했다는 사실에 샌디 오라클은 어이가 없어졌다.

"저도 이해가 가지 않습니다."

문제는 이 모든 게 공식적으로 서류로 제출된 서류라는 거다. 나중에 가서 '우리는 그런 적 없는데요?' 하고 발뺌하는 건 불가능하다는 소리다.

"끄응."

샌디 오라클은 떨떠름한 얼굴이 되었다. 그러다가 물었다.

"그럼 우리가 그 계약을 거절하면 어떻게 되겠습니까?"

"우리가 템퍼링을 했다는 증거가 외부에 공개되면 우리 입장이 곤란해집니다."

"네네, 알아요."

그 자체가 템퍼링을 했다는 증거가 될 가능성이 크다.

"후우~."

선택지가 없다. 그들이 살기 위해서는 어떻게든 템페스트를 데려와야 한다.

"잘 설득해 봐요. 이렇게 된 이상 우리가 데려와 봐야지요."

최소한 그들을 데려오면 판단 실수라고 주장할 수는 있다. 그만한 가치가 있다고 오해할 수도 있다고 말이다.

하지만 템퍼링은 아니다. 템퍼링은 불법이고 미국에서도 엄격하게 막는 행위다.

기본적으로 무능은 잘릴 수는 있어도 책임질 영역이 아니지만 불법행위는 책임을 져야 한다.

그렇기에 샌디 오라클에게는 선택지가 없었다.

"뭔 수를 통해서라도 데려오세요."

그녀는 이를 악물었다.

⚖

템페스트의 부모들은 코가 하늘을 찌를 듯이 솟아오르고 있었다. 아들들을 데려가려는 두 곳끼리 경쟁이 붙은 덕에 아들들의 몸값이 워낙 높이 뛰었기 때문이다.

그리고 몬스터엔터테인먼트의 조건은 기어코 1천억을 넘었다.

"저희 조건은 계약금 1천억입니다. 기존에 있던 다른 계약을 승계하는 조건이고요."

고연미 변호사의 말에 멤버들의 눈이 커졌다.

"1천억!"

"네, 전용기도 예정대로 제공될 테고 그 후에 다른 서비스도 제대로 지원될 겁니다."

"천억…… 흐흐흐."

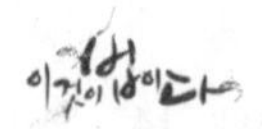

아들이 한 방에 천억을 벌어 왔다는 사실에 부모 중 한 명이 싱글벙글 웃었다. 그러자 고연미는 그들의 착각을 정정해 줬다.

"1천억이 아닙니다. 5분이니까 나눠서 200억씩입니다."

"에? 고작이요?"

인간의 욕심은 끝이 없다. 1천억이라는 돈에 환호하다가 200억이라는 말에 순간 얼굴에 실망감이 스치는 그들.

그런 그들에게 고연미가 차분하게 말했다.

"그리고 세금을 제외하면 100억 정도 되겠네요."

"뭐라고요?"

"아니, 뭔 말도 안 되는 소리야! 고작 100억이라니!"

그들의 귀에는 갑자기 수익이 1천억에서 100억으로 줄어든 것처럼 들릴 거다.

'물론 이쪽 계산이 틀린 건 아니지.'

규정대로 하는 거니 당연하게도 그들이 저항할 방법은 없다.

'그렇지만 아쉬워서 미치겠지.'

물론 1인당 100억이라는 계약금도 상식적으로 미친 듯이 높은 계약금인 건 사실이다. 한국에서 1인당 100억이라는 계약금은 전성기가 최소 10년은 남았다고 판단되는 톱클래스 배우가 아니고서야 주지 않는 돈이니까.

'하지만 허영이 끝없을 거라 했지.'

그리고 그에 속아 넘어간 그들의 눈에는 벌써 욕심이 그득

했다.

"좋습니다. 이 조건으로 계약하시는 거죠?"

"좋아요."

비록 순간 돈이 줄어드는 느낌이 들긴 했지만 그렇다고 해서 고연미가 거짓말하는 건 아니기에 당연하게도 그들은 계약하기로 마음먹었다.

상식적으로 어딜 가든 100억은커녕 10억도 못 받을 상황이니까.

그리고 지금이 바로 고연미가 노리던 타이밍이었다.

"그러면 일단은 저희가 민도영 씨와 오션엔터테인먼트의 동의서를 받아 오겠습니다."

"오션? 거기 동의서는 왜 받아요?"

"왜 나오냐니요?"

오션엔터테인먼트의 이름이 나오자 발끈하는 템페스트의 가족들.

"우리는 그쪽 소속도 아니라고요. 뉴스 못 봤어요?"

"뉴스 봤죠. 하지만 소속이 아니라고 결정된 것도 아니지 않습니까?"

"그게 무슨 말이죠?"

"가처분 신청이 인용된 것도 아니고, 그렇다고 해서 본소송에 들어간 것도 아니잖습니까? 그러면 법적으로 여러분은 오션엔터테인먼트 소속인데요?"

"아니라니까! 그러면 말이 다르잖아!"

"무슨 말씀이세요, 말이 다르다니? 저희는 처음부터 오션엔터테인먼트와 협상한 후에 제대로 이야기한다고 말씀드렸잖습니까? 이건 '합법적인 이적'이라고."

"이적이 우리를 데려간다는 거 아니에요?"

"맞습니다. 단, 그 과정에서 기존 소속사에 적당한 대가를 제공하고요."

"그런 게 어디 있어요? 우리는 거기 소속이 아니라니까."

"아니에요. 법적으로는 아직 거기 소속들이 맞으십니다."

"씨팔, 장난하나?"

당연하게도 멤버들과 그 가족들 사이에서 항의가 터져 나왔다. 그들에게 있어 이제는 손절하다시피 한 오션엔터테인먼트와 협상하는 것은 있을 수 없는 일이니까.

"잠깐, 그러면."

그때 그중 누군가가 눈을 찡그렸다.

"그 이적료는 어떻게 되는 겁니까?"

"당연히 여러분에게 드리는 돈에서 빼야죠."

"뺀다고?"

"네, 1천억 중에서 이적료 60억을 제외한 나머지 940억을 여러분에게 나눠 드릴 겁니다."

"뭔 개소리야! 아무것도 하지 않은 회사에 돈을 왜 줘!"

"계약서상에 아직 기간이……."

"우리는 거기 소속 아니라니까!"

"아니, 그럴 수는 없어요. 아직 법원의 결정이 나오지 않았으니까."

그 말에 다들 길길이 날뛰기 시작했다.

돈 때문에 사람을 배신했다. 그런데 그들에게 다시 돈을 준다? 그건 용납할 수 없었다.

"자 자, 진정하고. 이렇게 합시다. 어차피 조금 있으면 법원에서 우리가 자유라는 판결이 나올 테니까 그때 그 돈을 우리에게 주는 걸로 하자고."

멤버의 아버지의 말에 고연미는 고개를 흔들었다.

"죄송한데 그럴 수는 없어요."

"아니, 왜요? 그게 당신들한테 손해는 아닐 텐데?"

"법적으로 그럴 수가 없다니까요. 애초에 그렇게 한다 한들 오션엔터테인먼트에서 포기할 리가 없잖아요."

당연히 오션엔터테인먼트에서 항소할 테니 본소송으로 넘어갈 거다. 그런데 본소송에서 지면 그때는 1천억이나 투자한 몬스터의 입장이 진짜 애매해진다.

"그럴 바에는 차라리 깔끔하게 돈 문제를 정리하고 이적시키는 게 저희 입장에서는 확실하죠."

"그렇다고 해서 우리 돈을 그놈들에게 줘요?"

"많은 돈도 아니잖습니까?"

1천억 중에서 60억이다. 1인당 12억 정도다.

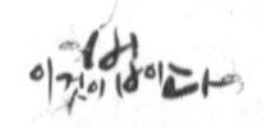

물론 그걸 분배하고 세금도 빼고 하면 이들이 가져갈 돈은 줄어들지만, 세금이 진짜 50%인 것도 아니다.

"그 12억을 빼도 100억은 나갑니다만?"

하지만 고연미의 말은 이미 그들의 귀에 들리지 않았다.

"아니, 우리는 못 준다고!"

"그래! 우리는 못 줘! 돈 내놔!"

바락바락 소리를 지르는 부모들과 템페스트의 멤버들.

그 모습에 고연미가 떨떠름하게 말했다.

"그러면 저희는 이거 진행 못 해요."

"뭐?"

"그렇잖아요? 이적하려면 이적 동의서에 사인받아 오셔야 해요."

"그런 이야기는 없었잖소!"

"아니, 애초에 이적을 전제로 한 거니까……."

"이적 동의서를 받아 온 거 아니었소?"

"이적 동의서가 아니라 이적을 위한 사전 접촉 동의서죠. 이건 완전히 달라요."

고연미의 말에 당연히 템페스트 멤버들과 가족들은 극도로 흥분할 수밖에 없었다.

"우리는 허락 못 해!"

"배 째! 못 가!"

"그러면 이건 정말로 진행 못 하는데요?"

고연미는 마치 곤혹스러운 듯 그렇게 말하면서 속으로 미소 지었다.

'자, 이제 그러면 우리 예상대로 움직여 보세요, 호호호.'

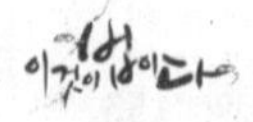

욕심은 변하지 않는다

분명히 계약은 깨졌다. 정확하게는 템페스트 측이 오션엔터테인먼트와의 계약 정리를 거절했다.

그리고 당연하게도 오션엔터테인먼트도 계약의 정리를 거절할 수밖에 없었다.

오션엔터테인먼트가 공식적으로 접촉을 허락해 준 이유는 어차피 풀어 줄 거, 투자금이라도 회수하기 위함이었으니까.

당연히 그럴 수 없다면 동의해 줄 이유가 없었다.

그리고 그 결과는 뻔했다.

"계약은 사실상 파토 났어요."

"그러겠지요. 예상대로 말입니다."

"그런데 왜 파토 난 것을 발표하지 말라고 하신 거예요?"

"저들은 이쪽으로 못 옵니다. 아시죠?"

"알죠."

절대로 그들이 오션엔터테인먼트와 민도영에게 돈을 주고 싶어 하진 않을 거다.

"그러니까 아깝겠죠. 더군다나 오션에서 이적료로 요구한 돈을 더 늘렸으니까."

"그건 그래요."

노형진은 요구할 금액으로 60억을 생각해 두었지만 오션에서는 100억을 요구했다.

물론 오션엔터테인먼트에서 단독으로 결정한 건 아니다.

애초에 이 계약은 깨져야 하기에 만일의 사태에 대비해서 그렇게 말한 거다.

상식적으로 60억에서 100억으로 줘야 하는 돈이 늘어나면 아까워서 미칠 텐데, 거기다 단위도 달라지면 체감되는 금액이 더 커져서 템페스트가 거절할 수밖에 없을 테니까.

"이렇게 함으로써 오션엔터테인먼트와 민도영 씨의 책임은 완전히 사라지는 거죠."

무려 1천억의 수익이 발생하고 그중에서 100억만 주면 자유로워지는데 그걸 거절했다?

그러면 재판부는 템페스트가 그간 주장한 것들을 의심할 수밖에 없다.

성범죄의 피해니 횡령이니 지원 미비니 하는 것들은 다 거짓말이라고 생각할 테고, 그러면 재판부에서 기각할 가능성은 더더욱 높아진다.

"그러면 그놈들은 어디로 가려고 하겠어요?"

"퍼펙트겠죠? 아, 무슨 소리인지 알겠네요. 퍼펙트에서는 이 조건을 받아들일 수가 없군요."

"네, 그리고 그 순간부터 그들은 함정에 빠지는 겁니다."

퍼펙트에서 과연 계약금 1천억을 줄까? 미치지 않고서야 주지 않을 거다.

"하지만 그들은 어떻게든 템페스트를 데려가야 하죠."

"그건 그래요. 그래야 자신들이 안전해지니까요."

"맞습니다."

현시점에서 퍼펙트에는 징벌적 손해배상이 걸려 있다. 그리고 그 모든 것은 템페스트의 입에 달려 있다.

지열성의 경우 변호사이기에 절대로 의뢰인의 비밀에 대해 말하지 않을 거다. 변호사가 의뢰인의 비밀을 말한다는 것은 변호사 생활을 그만하겠다는 의미니까.

실제로 변호사는 그 비밀 유지 의무 때문에 의뢰인이 연쇄살인범이라고 해도 신고하지 못하는 경우가 많다.

신고하지 않아도 법적으로 처벌받지도 않고 말이다.

"그러니 변호사인 지열성은 이 문제에서 완전히 자유로워요. 하지만 템페스트는 아니죠."

템페스트는 지금 자기들의 값어치가 미친 듯이 폭주하는

걸 보면서 만세를 부르고 있을지도 모른다. 하지만 현실적으로 그들은 더 이상 가수로서도, 그리고 연예인으로서도 활동하지 못한다.

그들이 템퍼링을 통해 자신을 키워 준 민도영을 배신했다는 의심을 계속 받고 있고, 심지어 그 뒤에 퍼펙트라는 거대한 기업이 있다는 걸 이제는 모든 사람들이 알고 있다.

그들은 자신들을 데려가려는 사람들이 비싼 돈을 준다고 하니까 혹한 모양이지만, 애석하게도 그게 함정이라는 걸 인식하지 못한다면 기준이 흐트러지는 상황이 될 수밖에 없다.

"템페스트는 당연히 우리에게 준하는 조건을 요구하겠지만……."

"그게 될 리가 없죠."

"네, 그리고 아마 그 후에는 볼만할 겁니다."

⚖

"뭐라고요?"

"계약금 1천억에 전용기까지 해 줘요."

"뭔 말도 안 되는 소리입니까? 100억도 아니고 1천억이요?"

"네, 우리 애들에게 그 정도 가치는 있잖아요?"

"그게 말이 된다고 생각합니까?"

한방만은 어이가 없어서 말이 나오지 않았다. 아무리 자신이 퍼펙트를 대신해서 템페스트와 협상하고 있다지만 퍼펙트에서 그런 돈을 줄 리가 없다는 건 잘 알고 있었다.

"애초에 그런 돈이 나올 리가 없지 않습니까?"

1천억? 지금 윈드스톰엔터테인먼트를 팔아도 그런 돈은 안 나온다. 당연하게도 그 돈을 주면 그게 도리어 템퍼링을 했다는 가장 강력한 증거가 될 거다.

더군다나 애초에 템페스트는 미국에서 반응이 좀 있었던 가수 정도이지, 톱클래스 가수로는 볼 수는 없다. 그런데 1천억에 전용기라니.

하지만 이미 노형진에 의해 허영으로 가득 찬 부모들은 당연히 길길이 날뛰었다.

"아, 몰라요. 우리는 그 조건 아니면 계약 못 해요."

"그러면 우리는 계약 못 합니다."

"그런 게 어디 있어요? 당신들이 우리가 나오면 무조건 받아 준다면서요?"

"그렇게 말하긴 했지만……."

무조건이라고 말하기는 했지만 그게 이런 터무니없는 조건을 받아 준다는 뜻은 아니었다.

"이건 말도 안 되죠."

사실 현시점에서 그들의 가치는 잘해 봐야 계약금 30억 정도다. 그것도 다 포함해서 말이다. 그런데 1천억이라니.

'몬스터 놈들, 미친 거 아니야?'

상식이 있다면 그런 말도 안 되는 조건을 제시할 리가 없다는 걸 알기에 한방만은 어이가 없었다.

애초에 이 모든 게 계약이 파토 날 수밖에 없는 구조라는 걸 이해하지 못하고 있으니 그의 입장에서는 어찌 보면 당연한 반응이었다.

"우리한테 계약금 1천억, 그거 안 주면 우리는 계약 못 해요. 아, 물론 전용기랑 뉴욕의 우리 명의의 주택 포함. 무슨 말인지 알죠?"

그러나 이미 욕심에 눈이 먼 템페스트 가족들의 눈에 현실적인 상황이라는 건 들어오지 않았다.

애초에 상대방은 퍼펙트다. 미국에서 3위인 기업.

그리고 미국에서 3위 기업이라는 것은 전 세계에서도 3위 기업이라고 봐도 무방했다. 그러니 당연히 1천억은 줄 수 있을 거라 믿고 있었던 것.

이 업계에 아는 바 없이 오로지 욕심만 가득하기에 그들은 그저 그렇게 우길 뿐이었고, 한방만은 그 말에 중재도 하지 못하고 그저 머리만 부여잡을 뿐이었다.

"말도 안 되는 소리!"

보고를 받은 샌디 오라클은 비명에 가까운 고함을 질렀다.

"1천억이라니? 거기다 전용기에 뉴욕 저택까지? 빌보드 1위도 그 조건은 안 된다고요!"

"하지만 그 조건이 아니면 절대로 계약 안 해 준답니다."

"미친 새끼들."

"받아들여야 할까요?"

"뭘 받아들여요! 이건 받아들일 수가 없다고요!"

단순히 돈 문제가 아니다. 엔터테인먼트 업계에서 톱클래스에 들어간 사람들의 자존심이 얼마나 센지, 겪어 본 사람들은 다 안다.

더군다나 미국은 한국처럼 익은 벼는 고개를 숙인다는 개념도 없다. 도리어 돈이 되고 능력이 된다면 어느 정도 갑질은 용인하는 분위기다.

당연하게도 이 조건으로 템페스트를 받아들여 주면 다른 가수들은 그 조건 이상을 요구할 거다.

왜냐, 템페스트는 반응이 왔다고 해도 빌보드 100위는커녕 아직 200위권 이내다.

그에 비하면 그들은 빌보드 순위가 훨씬 높을 텐데 200위권에 있는 놈들보다 대우가 허접하다? 그걸 누가 참겠는가?

당연히 더한 요구를 할 테고, 그걸 퍼펙트는 더더욱 받아줄 수 없게 될 거다.

물론 다른 곳에서도 그 조건을 받아들여 주지는 않겠지만, 최소한 퍼펙트처럼 자존심을 건드리진 않았으니 연예인들과 프로듀서들은 죄다 다른 곳으로 떠날 거다.

그리고 그 시점에서 퍼펙트에 남는 것은 망하는 미래뿐이다.

"절대로 그 조건은 못 받아들여요."

"저희도 그에 대해 충분히 설득했습니다만…… 요지부동입니다, 받아들여 주지 않으면 몬스터에 가겠다고."

"도대체 몬스터는 무슨 생각인 거죠?"

사업에 대해서는 잘 알지 모르지만 법에 대해서는 잘 모르는 샌디 오라클은 입술을 깨물 수밖에 없었다.

그리고 그렇게 모두가 함정에서 허우적거릴 때 최종 판결이 코앞으로 다가왔다.

⚖

"기각이래요!"

고연미는 다급하게 문을 열고 들어오면서 소리를 질렀다.

"방금 확인했는데, 템페스트에 대한 계약 효력 정지 가처분 신청이 기각되었대요!"

"역시나 그렇군요."

"의외네요. 보통은 무조건 정지시켜 버리잖아요."

"괴물이 등장했으니까요."

그렇게 말하며 노형진은 피식 웃었다.

"그간 재판부는 철저하게 연예인을 기준으로 삼았습니다.

그래서 실제로 기각해야 하는 경우에도 대부분 통과시켜 버렸죠."

법원에서 판단할 때는 법과 원칙이 기준이 되어야 한다. 하지만 그렇다고 해서 현실을 무시할 수는 없다.

이런 엔터테인먼트 업계의 계약 효력 정지 가처분 신청의 경우 재판부에서 그간 효력을 정지시키는 이유는 그로 인한 불법행위가 실존한다기보다는 소송하는 시점에서 두 집단이 더는 함께할 수는 없다는 현실적인 영향이 크기 때문이었다.

"그간은 그런 이유로 한쪽을 편들어 준 거죠. 솔직히 템페스트가 주장하는 동성 간 성추행도, 횡령도 증거가 없으니까요."

동성 간 성추행을 당했다고 주장했지만 정작 템페스트는 성추행을 이유로 형사 고소를 하지 않았다. 민도영이 횡령했다고도 주장했지만 정작 횡령을 했다는 증거도 내놓지 않고 있었다.

"그간은 함께하는 게 불가능하다는 점이 문제가 된 거지만."

함께할 수 없다고 판단하면 결별로 처리하는 게 현실이다.

"그러나 이제는 이야기가 달라졌죠."

"그렇죠."

그간은 철저하게 연예인과 소속사 간의 문제였지만 이제는 연예인과 소속사 그리고 템퍼링을 하는 제3자의 관계가 수면 위로 드러나 버렸다.

만일 여기서 사실상의 서로에 대한 믿음이 깨졌다는 이유로 계약의 효력을 정지시키면 구조적으로 모든 수익과 이익은 템퍼링을 하는 기업에 쏠리게 된다.

"그렇게 되면 현실적으로 바보가 아닌 이상에야 누구도 투자하지 않을 테죠. 거기다가 몬스터의 체급은 장난 아니니까. 사실 이번 사례에서 가장 핵심은 바로 그것일 겁니다."

"네? 어째서요?"

"지금까지 법원에서 템퍼링에 대해 몰랐을까요? 그럴 리가 없지요."

이미 템퍼링을 전문으로 하는 지열성 같은 변호사가 활개치고 다니고 매년 템퍼링 사건이 못해도 10건 가까이 터지는데 모를 수가 없다.

그럼에도 불구하고 왜 재판부가 그간 서로 간의 신용 운운하면서 템퍼링을 방치했느냐?

간단하다. 피해자는 돈이 없고 가해자는 돈이 있기 때문이다.

가해자는 두둑하게 돈을 챙겨 주는 반면 피해자는 억울하다고 울부짖어도 돈을 주지는 않으니까 당연히 가해자를 편들어 주는 거다.

"하지만 이번에는 상황이 애매해졌군요."

"네, 맞습니다. 괴물의 존재는 모두를 경계하기에 충분하거든요."

사실상 모두를 잡아먹을 수 있는 괴물. 그리고 그 괴물이 실제로 사냥하기 시작하자 엔터테인먼트 계열사들은 비명을

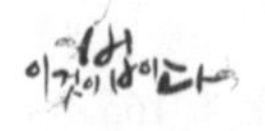

지를 수밖에 없었다.

"거기다 우리가 1천억이라는 터무니없는 조건을 제시한 이유도 바로 그것 때문이죠."

"하긴, 이거 소문이 파다해요. 몬스터에서 계약금만 1천억을 제시했다고."

"네, 그러면 과연 거대 엔터사들이 자기네 연예인들을 지킬 수 있을까요?"

"힘들겠네요."

이미 소문이 파다한 상황에서 연예인들이 혹해서 모조리 몬스터로 가고 싶어 하는 건 어찌 보면 당연한 일.

"진짜로 작심하면 엔터 업계를 우리가 일통하는 건 일도 아닐 겁니다."

물론 그걸 원하는 사람은 아무도 없다. 그렇게 해서 죽고 싶은 사람은 없으니까.

"그래서 그간 방치하던 회사들이 다급하게 법원에 의견서를 내는 거군요."

"네, 맞아요. 퍼펙트가 왜 굳이 윈드스톰이라는 작은 회사를 이용해서 템퍼링을 했겠습니까?"

"경계심을 낮추기 위해서군요."

"네."

실제로 퍼펙트에는 퍼펙트 코리아가 있고 한국에서 활동 중이다. 그런데 그들은 자신들의 지사가 아닌 윈드스톰이라는 엉뚱한 곳을 이용해서 작업했다.

이유는 간단하다. 눈 가리고 아웅이긴 해도 경계심을 줄이기 위해서다.

"자기 딴에는 타초경사의 우를 범하고 싶지 않았던 모양이지만요."

그놈들이 수풀을 건드리기 싫어하면 이쪽이 건드리면 되는 거다. 어찌 되었건 뱀만 튀어나오면 되는 거다.

"그래서 재판부도 무시 못 하는군요."

"네, 몬스터를 막아야 하니까요."

아무리 퍼펙트가 돈을 주고 재판부를 컨트롤하고 싶다고 해도 재판부에서 한국의 엔터 업계를 박살 낼 생각이 아닌 이상에야 공론화된 영역에 있는 것을 대놓고 불법을 조장할 수는 없다.

물론 판사 입장에서야 뇌물이 더 중요할 수도 있겠지만, 그렇게 되면 최악의 경우 자기를 퇴출시키려고 모두가 뭉칠 수 있기에 적을 만들려고 하지는 않을 것이다.

"노 변호사님이 1천억의 계약금과 온갖 조건을 붙여 주라고 한 이유가 그거군요."

"맞습니다. 거대한 해외 기업이 찾아오면 스스로 지킬 능력이 안된다는 걸 보여 주기 위한 것이죠."

설사 한국에서 가장 큰 대룡엔터테인먼트라고 할지라도 그러면 못 지킬 거다.

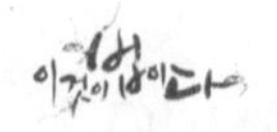

"그러면 이제 어쩌죠?"
"어쩌긴요."
노형진은 씩 하고 웃었다.
"템페스트는 당연히 항소하느라 활동하지 않을 겁니다. 그러니까 미친 듯이 책임을 뒤집어씌워야지요, 후후후."

⚖

노형진의 예상대로 템페스트는 절대로 일 못 한다고 확실하게 선을 그었다. 그랬기에 노형진은 템페스트를 아예 박살 낼 계획이었다.
"네? 얼마요?"
"1억 드릴게요. 여기 행사 좀 뛰어 주세요."
"아니 저기, 노 변호사님. 저희가 그걸 받아들일 수는 없습니다. 감사한 이야기입니다만……."
템페스트를 불러 줄 테니까 이참에 활동을 잡아라. 그런 노형진의 제안에 민도영은 미안한 듯 고개를 흔들었다.
"저희가 이미 그쪽 애들이랑 이야기해 봤어요. 하지만……."
"네, 알고 있습니다. 항소했더군요, 같이 못 한다고."
"네, 저희가 이 제안을 받아들이면 그때는 저희가 사기를 치는 게 됩니다."
활동하지 못하는 상황인데 활동할 수 있는 것처럼 속여서 상대방에게서 돈을 받아 내는 행위는 당연히 불법적인 범죄 행위다.

그런 만큼 아무리 노형진이 도와주려 해도 민도영은 그 제안을 받아들일 수가 없었다.

"알고 있습니다. 그래서 받아들이시라고 말씀드리는 겁니다."

"네? 어째서요?"

"템페스트는 말입니다, 활동하지 않을 겁니다. 아마 시간이 지나면 위약벌을 내고 나가고 싶어 하겠죠."

"네."

"그런데 위약벌에는 심각한 문제가 있거든요."

"심각한 문제요?"

"재판부에서 위약금을 잘 인정해 주지 않아요. 그런데 위약벌은 위약금과 완전히 다릅니다. 그리고 그 위약벌의 함정이 있다는 게 문제죠."

위약금이란 계약을 파기하는 것에 대한 배상금이다. 그렇기에 어느 정도의 조정이 가능하다.

실제로 이런 템퍼링에서 문제가 되는 이유 중 하나가 바로 이 위약금 조항이다. 위약금은 조정이 가능하니까 재판부에서 극단적으로 약자라고 주장하는 쪽을 편들어 준다.

보통 이런 템퍼링으로 넘어가는 연예인들은 20대 초반인데, 그런 연예인들은 대부분의 경우 돈이 없다.

정산도 받지 못한 경우가 대부분이니까.

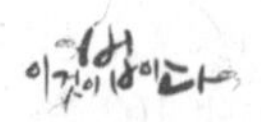

그래서 이들이 '우리 돈이 없어요, 찡찡찡.' 하면 재판부에서 위약금을 후려치는 경우가 엄청나게 많다.

예를 들어 가수를 키우는 데 40억이 들었는데 정작 위약금은 1억으로 나오는 거다.

"소속사를 망하게 하기 위한 하나의 수단 중 하나가 바로 그거고요."

"그거야 그렇죠."

"그에 비해 위약벌은 깎을 수가 없습니다. 문제는 템퍼링을 할 때 그걸 위해 장난친다는 거죠."

위약벌은 아무리 재판부에서 깎아 주고 싶어도 아예 법적으로 고정된 금액이기에 깎을 수 없다.

정확하게는 대법원의 판례에 따르면 그게 손해배상의 성격을 띠고 있을 때만 깎을 수 있다.

즉, 위약금은 계약을 지키게 하기 위한 일종의 합의금 목적인지라 손해배상의 영역에 있기에 재판부에서 깎을 수 있다. 하지만 위약벌은 서로의 동의하에 계약이 이루어지는 일종의 처벌이기에 아무리 재판부라고 해도 마음대로 바꿀 수가 없는 거다.

물론 그 계약 자체에 불법적인 요소가 있거나 속여서 한다면 이야기가 달라지겠지만 말이다. 그리고 만약 손해배상의 영역에서 서로 약속한 경우에는 위약벌을 깎을 수는 있다.

"그런데 뭐가 문제인지는 아시죠?"

"네."

이런 템퍼링으로 인한 위약벌의 금액은 활동해서 번 평균 수익에 남은 기간을 곱하여 배당한다.

예를 들어 5년 계약을 했는데 1년 차에서 계약이 깨진다면 남은 4년, 즉 48개월과 지난 1년 치 수익을 토대로 산출한 월 평균 수익—1억이라고 가정하자—을 곱한 금액인 48억을 갚아야 하는 셈이다.

"문제는 그 사실을 알기에 템퍼링이 계약 기간의 아주 극초기에 터진다는 거죠."

"그게…… 그렇죠."

왜냐, 수익이 없으니까.

실제로 회사의 귀책사유로 인해 문제가 생긴 경우라면 보통 극초반에 소송하지 않는다. 연예인 입장에서도 최선을 다해서 이야기해 보는 등 할 수 있는 노력을 다한다.

하지만 템퍼링일 경우 아주 빨리 소송한다. 데뷔 직후에 바로 해야 수익이 적기 때문이다.

예를 들어 한 해에 120억씩 수익을 꾸준하게 내는, 성공한 가수가 있다고 치자.

이 가수가 5년 계약을 하고 1년 만에 템퍼링으로 이적한다면, 원 소속사에 줘야 할 돈은 무려 480억이다.

투자 없이 성공한 연예인을 빼돌리려는 회사 입장에서는 절대로 받아들일 수 없는 조건이다.

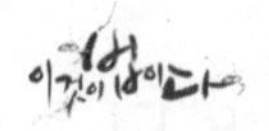

왜냐, 480억을 투자하면 누구든 톱스타로 만들 수 있으니까.

하지만 아예 극초반이라면 수익 자체가 거의 없다시피 하다. 한 달에 수익이 100만 원 또는 200만 원 정도.

어쩔 수 없다. 데뷔 직후에는 무명 시절이라는 게 있으니까.

그런데 100만 원이라면 48개월이라고 해 봐야 4,800만 원. 수십억을 투자해서 키운 회사 입장에서는 미치고 팔짝 뛸 일이다.

"그리고 템페스트는 남은 기간이 52개월이죠?"

"네."

"그러면 수익은 얼마입니까?"

"그게……."

"말씀해 보세요."

"후우, 지금까지 수익이 대략…… 매달…… 300만 원 정도입니다. 아니, 활동 기간 평균이니까…… 200만 원이라고 봐야겠네요."

"역시나 그렇군요."

뜬다고 해서 다 버는 게 아니다. 일단 유명세로 행사 잡고 광고 찍고 방송에 나가야 돈을 버는 거다.

그런데 템페스트의 경우에는 미국에서 뜬금없이 반응이 오는 바람에 아직 현실적으로 창출된 수익이 없다.

물론 지금이라도 빠르게 미국으로 갔다면 수익이 엄청나게 빠르게 늘었을 테지만, 경험이 없는 오션엔터테인먼트에서 어쩔 줄 몰라 하며 허둥지둥 미국 진출 방법을 찾는 사이에 갑자기 뒤통수를 치고 활동을 하지 않았기 때문이다.

"그러면 배상금은 잘해 봐야 1억 400만 원 정도겠군요."

"네."

답하면서 민도영은 우울한 얼굴을 했다. 그 돈이면 자신은 망하니까.

"그러니까 그걸 늘려야지요."

"어떻게 말입니까?"

"기각되었으니까요."

"네."

"그러니까 이쪽은 당당하게 행사를 잡을 수 있는 겁니다."

"그렇죠? 하지만 말씀드렸다시피……."

"네, 당연히 템페스트는 오지 않을 겁니다. 그런데 법적으로 그건 전혀 다른 문제거든요."

노형진의 말에 민도영은 의아한 눈으로 그를 바라보았다.

"그게 무슨 말씀이신지?"

"위약벌로 배상하는 이유는 당연히 그게 평균이기 때문입니다. 그런데 그 평균을 낮출 목적으로 스스로 활동하지 않는다면 그건 누구 책임일까요?"

"글쎄요……."

"당연히 회사가 아닌, 활동하지 않기 위해 행사를 펑크 낸 가수의 책임입니다."

예를 들어 이쪽에서 적법하게 계약을 잡아 놨는데 가지 않았다. 그러면 어떻게 되느냐.

간단하다. 그 펑크를 낸 상황에 대한 손해배상 책임이 발생한다.

"그런데 그런 경우 위약벌은 그 수익이 들어오는 게 정상이라고 본단 말이죠."

왜냐, 만일 마음에 들지 않는다는 이유로 활동을 쉬어 버리면 손해배상에 대한 위약벌이 미친 듯이 줄어드는 현상이 벌어지기 때문이다.

가령 활동한 경우 손해배상은 경비와 직접적으로 관련된 부분에만 영향을 미친다. 그러나 위약벌은 그게 아니라 전체 수익 자체가 감액된다.

한 달에 1억 벌던 사람이 딱 한 달만 그런 식으로 방임해 버리면 평균치는 5천이 되고, 그렇게 다섯 달만 방임해 버리면 평균은 2천이 되어 버린다. 그러면 위약벌은 남은 기간에 1억이 아닌 2천을 곱해서 계산해야 한다.

"물론 손해배상을 따로 설정할 수야 있겠지만."

문제는 이 손해배상액이 위약벌보다 훨씬 작은 경우가 많다는 거다. 왜냐하면 위약벌은 서로 약속한 벌이지만 배상은 판사의 결정에 따라 결정되는데, 판사들이 어느 일방을 불쌍하다는 이유로 또는 뇌물을 받고서 손해배상을 후려치는 건 딱히 비밀도 아니었다.

"그런데 계속 이쪽에서 법과 원칙에 따라 계속 일을 제공하면 이야기가 달라지죠."

이쪽에서 일을 제공했는데 템페스트가 받아들이지 않는다?

손해배상이 발생하는 것과는 별개로 템페스트에게 위약벌을 기준으로 그 일로 인해 발생한 수익이 있다고 판단된다.

왜냐, 확정적으로 수익이 발생할 수밖에 없는 구조였는데 그걸 거절한 건 템페스트니까.

"하지만 그간 다른 사람들을 보면……."

"네, 당연히 시키지 않죠. 그런데 그건 욕먹기 싫어서 그러는 거죠."

"욕먹기 싫어서요?"

"상식적으로 가수를 부르는 사람은 직원입니다."

지방 행사든 기업 행사든 광고든 뭐든 간에 분명한 사실은 그걸 진행하는 실무진은 아랫사람이라는 거다. 당연히 그런 사람들은 진행 중에 문제가 생기는 걸 끔찍하게 싫어한다.

왜냐, 욕먹으니까.

당장 초대한 연예인에게 갑자기 학폭이나 음주 운전 사건이 터져도 그걸로 '왜 그딴 인간을 고용했느냐.'라면서 욕먹는 게 그들이다.

그런데 문제가 생길 수밖에 없는 사람을 부를 수 있을까?

"당연히 부르지 않을 테죠."

100% 오지 않을 게 뻔한데, 그래서 구멍 날 게 뻔한데 미

쳤다고 부르겠는가?

"그러다 보니 자연스럽게 문제가 생긴 가수의 경우는 이 매출이 잡히지 않는 겁니다."

가수가 활동하지 않으려는 게 아니라 진짜로 아예 부르지 않으니까 매출이 줄어들 수밖에 없고, 매출이 줄어드니 당연히 그 위약벌이 사정없이 깎일 수밖에 없는 거다.

"그러니까 그 매출을 유지하면 됩니다."

"그게 행사라고요?"

"네, 제 힘이면 충분히 그 행사에 넣을 수 있습니다."

물론 공식적인 정부 행사 같은 건 힘들 거다. 사전에 출연진을 특정해서 홍보하는 행사들 같은 경우는 이미지가 망가진 사람을 쓰지 않으려고 하니까.

"하지만 그렇지 않은 경우에는 가능하죠."

그리고 그렇게 되면 템페스트의 위약벌이 미친 듯이 늘어나기 시작할 거다.

"사실 1억짜리 하나만 잡아도 투자금 자체는 뽑을 수 있습니다."

일단 남은 기간이 52개월이니까 52억짜리 위약벌이 튀어나올 테니까.

"하지만 그 정도 돈을 누가 줄지……."

"말씀드렸잖습니까, 제가 부른다고. 기업 행사가 한둘도 아니고요."

그런 거야 누구를 부르든 미리 홍보할 필요도 없을뿐더러, 설사 홍보한들 회사원들이 들고일어날 이유도 없다. 사내 행사라 누가 오든 마찬가지니까.

일부 팬이야 아쉬워하겠지만 말이다.

"하지만 저희는 그렇게 비싸지 않습니다. 저희가 활동할 때 평균 출연료가 500만 원이었으니까요."

500만 원이면 보이 그룹 기준으로는 거의 바닥이라고 봐야 하는 수준. 그나마도 거기서 필요 경비를 제해서 200만 원이 되는 거다.

"그런데 갑자기 1억이라는 돈을 요구한다고 해도……."

우리가 1억을 못 받았다고 주장한들 과연 재판부에서 인정할까? 그럴 리가 없다.

"물론 그렇죠. 그러니까 준다는 계약서가 필요한 거죠. 그리고 근거는 충분하고요."

"근거가 충분하다니요?"

"계약금이 1천억짜리 아닙니까? 사실 1천억도 넘죠."

"설마?"

"네, 그 정도면 충분히 판사에게 가치를 어필할 수 있습니다."

계약금이 1천억이라지만 여기서 제시한 조건은 돈만이 아니다. 전용기와 다섯 멤버들에게 제공되는 다섯 채의 뉴욕의 저택.

"그걸 다 감안하면 대략 1,300억이 됩니다."

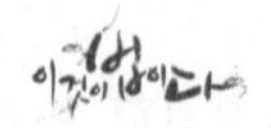

그리고 미국에서 1,300억 정도의 계약금을 주고 데려간다는 사람이 행사 한 번에 1억이면 도리어 싸게 먹히는 거다.

"한국에서도 행사 한 번에 1억짜리인 연예인이 없는 것도 아니고요."

물론 그런 사람들은 데려가고 싶다고 해서 데려갈 수 있는 이들이 아니다.

"어…… 그러면……."

"네, 많이 할 필요도 없습니다."

한 달에 딱 네 번. 그렇게 네 번만 하면 그들이 입힌 피해는 미친 듯이 올라가게 된다.

"일만 하지 않으면 된다고 생각한 모양인데. 제가 함정을 팔 줄 몰라서 안 파는 게 아닙니다."

노형진은 싱글벙글 웃었다.

"어떻게, 출연시키시겠습니까?"

그 말에 민도영은 잠깐 고민하다가 고개를 끄덕거렸다.

"잘 부탁드립니다."

⚖

"다…… 당했다."

지열성은 스케줄표를 보고 입을 쩍 벌렸다. 이건 진짜 생각도 못 했으니까.

"이러면 우리는 망한다고요!"

"아니, 왜요? 우리가 뭐, 망할 이유가 있나?"

도리어 그 상황을 이해 못 하는 템페스트의 멤버들만 자기들의 몸값이 올라서 좋다며 실실 웃고 있었기에 지열성은 속이 미친 듯이 답답해졌다.

"우리가 드디어 세상에서 인정받는 건데."

"이건 인정받는 게 아니라 위약벌에 심각한 타격을 주는 일이란 말입니다."

"위약벌? 그거 1억도 안된다면서요?"

그 말에 지열성은 다급해졌다.

"그거야 활동 자체가 없을 때의 이야기죠. 이 스케줄대로 우리 활동 기간의 평균을 계산하면 현시점에서 4,600만 원이 된단 말입니다."

"4,600만 원이요?"

"네."

지난 8개월간의 평균 수익은 200만 원이다. 그런데 이번 달에만 갑자기 4억 원이나 되는 행사가 추가로 잡혔다.

그러면 9개월간의 총수익은 4억 1,800만 원이니 평균은 대략 4,600만 원.

"그것만 계산해도 위약벌이 무려 23억 9,200만 원이나 된단 말입니다!"

그 말에 다들 순간 얼굴이 굳었으나 이내 풀어졌다.

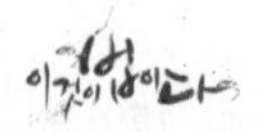

"몇 푼 안 하잖아요."

"맞아요. 우리 계약금이 1천억인데."

확실히 1천억이라는 돈에 비하면 23억 9,200만 원이라는 돈은 새 발의 피라는 느낌이 강하다.

그런데 문제는 그게 아니었다.

"하지만 행사가 이렇게 계속 들어온다면 어쩔 건데요?"

"어쩐다니요?"

"잊으셨나요? 우리는 계약 정지 효력 가처분 신청에서 졌습니다."

당연히 이제는 오션에서 스케줄을 잡아 주는 대로 따라야 한다. 계약 기간이 분명히 남아 있으니 효력이 살아 있으니까.

"그런데 지금 한 달에 잡힌 것만 1억짜리가 네 개예요."

이해는 간다. 언론에서도 1천억짜리 가수라고 호들갑을 떨고 있으니 그 가격이 비싸면 비쌌지, 쌀 수는 없다.

'젠장, 이게 이렇게 될 줄이야.'

실제로 지금 지열성과 템페스트 그리고 윈드스톰은 고의적으로 그걸 신나게 홍보했다. 그래야 이쪽의 몸값을 높일 수 있고, 퍼펙트로 옮길 때 자신들의 몫을 충분히 받아 낼 수 있기 때문이다. 그랬기에 이건 진짜 예상하지 못했다.

"매달 4억씩 꾸준하게 들어온다고 가정할 경우 우리가 소송을 1년만 끌어도 48억이 됩니다. 그 시점에서 천만 이하는 의미가 없으니까 빼죠."

그러면 지난 시간은 총 20개월이 된다. 이미 지난 8개월과 추가로 소요한 소송 기간 12개월까지 다 해서 말이다.

"그러면 배상금의 기준이 2억 4천만 원이란 말입니다."

그런데 원래 계약은 총 60개월이다. 여기서 20개월을 빼면 남은 기간은 40개월.

"그러면 우리 위약벌은 96억이 됩니다."

"뭐라고요?"

그 말에 다들 눈이 커졌다. 그렇게까지는 생각해 보지 못했으니까.

막말로 96억은 여기 있는 사람들이 소유한 집과 차를 다 팔아도 벌 수 없는 돈이었다.

"말이 안 되잖아요. 우리가 그 돈을 왜 내요?"

"아니, 그건…… 그러니까……."

당연히 법에서 내야 하는 거다.

'이거 노형진 그놈이다.'

상식적으로 어떤 미친놈이 이런 소송을 하느라 활동을 쉬는 애들을 부르겠는가?

"법이 그렇습니다."

"그러면 말이 다르잖아요!"

1천억을 받아도 세금과 이것저것 빼고 남는 게 개인당 100억 정도라고 이야기했다. 그런데 96억이라면 다섯 명이 나눈다고 해도 한 사람당 거의 20억을 내놔야 한다는 거다.

수익의 5분의 1이 날아가는 거니 당연히 템페스트 멤버들은 눈이 돌아갈 수밖에 없었다.

"말도 안 되는 소리! 우리는 그 돈 못 줘요!"

"일단 매출이 잡히는 순간부터는 어쩔 수 없습니다."

"안 간다니까요!"

"아뇨. 안 가도 발생한다니까요."

"네?"

"안 가는 건 우리 문제라고요!"

이미 저쪽은 출연료 1억으로 출연 계약을 했고, 계약 권한은 템페스트가 아닌 오션에 있다. 매니지먼트 계약을 맺은 거니까.

"그 효과가 인정된 이상 행사에 가지 않으면 배상 책임이 발생해서 손해배상금만 늘어날 뿐입니다."

그 말에 모두의 눈동자가 흔들리기 시작했다.

"그러면 우리가…… 가면요?"

"그거랑 상관없어요."

간다? 그러면 손해배상이 발생하지 않을 뿐이지 결국 총 매출이 뛰는 건 당연하다.

"아니, 그러면 이거 사기잖아. 이거 사기라고…… 하면……."

"사기라고 해도 의미가 없습니다. 상대방은 노형진이라고요!"

만일 템페스트가 진짜로 간다? 그러면 돈을 주면 되는 거다.

그 정도 돈 내지 못할 정도로 가난한 노형진이 아니니까.

템페스트가 참여하지 않아서 오션이 손해 보는 거?

어차피 템페스트는 행사에 가든 안 가든 확정적으로 위약벌을 내야 하니 그 위약벌에서 그때 지급된 돈 일부를 돌려받으면 그만이다. 위약벌은 깎을 수 없기 때문이다.

주는 순간 계약은 성립되기에 법적으로 지급되는 돈이라면 아무리 재판부라도 '위약벌을 위해 고의로 잡았다.'라고 주장할 수가 없다.

"그러면……."

그제야 문제가 뭔지 알아차린 템페스트의 가족들은 얼굴이 창백해졌다.

"거기다가 이건 시작에 불과합니다."

"시작에 불과하다니?"

"시작이 4억이지, 저쪽이 실제로 광고와 행사를 얼마나 잡아 올지는 모르잖습니까?"

"설마……."

"만일 광고와 행사를 잡아 와서 매달 족히 30억대의 수익을 낸다고 가정하면……."

그러면 남은 52개월간 예상 위약벌은 1,560억이나 된다.

"그런 게 어디 있어요!"

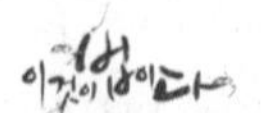

계약금을 몽땅 줘도 남는 게 없다. 아니, 추가로 받기로 한 집과 전용기를 팔아도 그 금액에는 못 미친다.

"미친? 그러면 우리더러 어쩌란 겁니까?"

"그게……."

"도대체 어쩌라는 거예요?"

"우리가 일 안 하면 오션이 답이 없을 거라고 한 건 당신이잖아요!"

"그게……."

매번 그랬다. 그랬기에 완전히 방심했다.

하지만 저쪽에 자본가가 끼어들기 시작하자 상황이 완전히 변해 버렸다.

"그러면 회사에서 그 돈을 내주면 되는 거 아닌가?"

"맞네. 퍼펙트에서 돈 내주면 되겠네."

그리고 자기들끼리 멋대로 떠들어 대기 시작하는 템페스트 멤버들과 그 가족들. 그 모습을 보면서 지열성은 속에서 열불이 터졌다.

'저열한 새끼들이 정말.'

템퍼링에 응하는 대부분의 인간들은 극도로 저열하고 욕심이 많다. 그렇기에 템퍼링을 받아들이고 템퍼링을 한 소속사의 지시에 따라 움직이는 거다.

하지만 그렇다곤 해도, 이렇게나 뻔뻔할 줄은 몰랐다.

'애초에 내가 몬스터 새끼들하고 대화하지 말라고 그렇게

나 말했건만.'

노형진이 오션엔터테인먼트의 법률 대리인인데 몬스터는 그가 일하는 마이스터에서 만든다?

바보가 아닌 이상에야 누가 봐도 함정이었다. 그래서 처음부터 아예 접촉하지도 말라고 수차례 경고했다.

하지만 저들은 그걸 완벽하게 무시했다. 왜냐, 몬스터를 이용해 협상에 유리하게 써먹기 위해서였다.

경쟁자가 있다면 당연히 그만큼 자신들의 몸값이 올라갈 테니까. 너무나도 당연한 발상이지만 동시에 너무나도 멍청한 짓이었다.

그들은 자기들 딴엔 몸값이 오른다고 좋아했겠지만 그로 인해 허영이 미친 듯이 들어서 정상적인 판단을 하지 못하게 됐다.

"그러면 이렇게 하죠. 그거 퍼펙트에서 물어 줘요. 그러면 함께할게요."

"아, 그리고 계약금은 별도인 거 아시죠?"

"그게 말이 되는 소리라고 생각합니까?"

그러면 거의 줘야 하는 돈만 3천억이다.

3천억? 템페스트가 계약 기간 내내 미친 듯이 톱클래스로 군림해야만 가능한 돈이다. 그것도 10년 이상의 아주 초장기 계약을 했을 때 말이다.

그게 가능한 가수는 아마도 역사상 열 명 미만일 거다. 그런데 그걸 내놓으라는 말을 저리도 당당하게 하다니.

"안 그러면 우리, 계약 못 해요."
그 말에 지열성은 확신할 수 있었다.
모든 게 글러 먹었다는 걸.

배신자는 다시 배신하는 법

"이건……."

샌디 오라클은 기가 막혔다. 말도 안 되는 요구를 하는 템페스트의 멤버들 때문이었다.

"한국에는 점입가경이라는 말이 있다던데. 이게 딱 그 짝이군요."

가능하면 템페스트를 이쪽으로 끌어와야 한다. 그건 부정할 수 없는 사실이다. 그런데 아무리 그래도 그렇지, 이건 도무지 받아들일 수가 없는 조건이었다.

"그러니까 실질적으로 우리한테 달라는 돈이 3천억이네요?"

"네, 그렇습니다."

"뭔 개소리예요? 그 돈을 우리가 줄 리가 없잖아요."

"그게 문제입니다. 주지 않으면 오지 않겠다고……."

"말이 되는 소리를 해요! 지금 우리한테 징벌적 손해배상이 걸린 게 얼만데!"

드림 로펌이 건 징벌적 손해배상은 무려 5천만 달러. 한화로 660억 정도.

그것만 해도 미친 듯한 금액이지만 최소한 망할 정도의 금액은 아니다.

하지만 3천억? 진짜로 망할 수도 있다.

"이걸 지금 받을 수 있다고 믿는다는 거예요?"

"그쪽에서는 협상을 통해 어느 정도는 깎을 수 있다고 합니다만."

"어느 정도는?"

"네, 그래도 못해도 2,500억은 보장해 줘야 하지 않느냐며……."

"바보 아니에요? 몬스터가 자신들과 그렇게 계약할 리가 없다는 걸 정말 모르는 거예요?"

"그게 문제입니다. 이 멍청한 놈들이 몬스터와 계약하지 못한 이유가 단순히 원 소속사인 오션엔터테인먼트의 반대로 인한 걸로 알고 있습니다."

"뭐요?"

"그렇잖아도 상황이 이상해서 알아봤습니다만…… 애초에 노형진이라는 인간이 이적이라는 부분을 못 박아서 아예 계

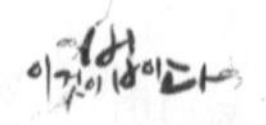

약이 파토 날 수밖에 없는 구조로 만들어 놨습니다."

오션엔터테인먼트가 이적에 동의해 주지 않으면 계약은 그냥 깨지는 수밖에 없으니까.

"미친놈 아니에요? 그때 동의해 줬으면 어쩌려고요?"

"오션에서 동의해 줄 리가 없습니다."

설사 계약에 따라 이적이 성공한다 해도 오션에서 받을 수 있는 돈은 60억 정도.

물론 적은 돈은 아니지만 그 대신에 새론과 노형진이라는 대상을 적으로 돌리게 되는 거다.

"새론과 노형진을 적으로 돌리면 한국에서는 살 수 없다고 봐야 합니다. 더군다나 그 60억이라는 돈도 빚잔치하고 나면 남는 게 없습니다."

"그런……."

그런 상황이니 처음부터 계약이 깨질 수밖에 없었던 것.

"후우~ 그거 설명해 봤어요?"

어차피 이루어질 수 없는 계약이니 1천억이든 1조든 간에 마음대로 부를 수 있다. 의미가 없는 금액이니까.

"네, 설명해 줬습니다만."

퍼펙트에서도 최대한 설명해 주려고 했다.

저들에게 놀아나고 있는 거다. 저들은 이 계약을 깨기 위해 속이고 있는 거다.

"하지만…… 욕심에 눈이 멀어서……."

"허."

욕심에 눈이 멀었다. 그래서 무리한 요구를 하는 거다.

"그러면 더 이상 타협점이 없는 겁니까?"

"현실적으로 말씀드리면 그렇습니다. 저희가 템페스트를 데려와 봐야……."

일단 저들의 계약금만큼의 수익을 낼 가능성은 높지 않다.

더군다나 한국에서도 템페스트의 이미지는 이미 박살 나다시피 했다.

처음에는 나름 피해자 포지션이었지만 징벌적 손해배상과 여러 가지 문제가 터졌고, 언론사에서도 의문스러워하는 데다 한국에 있던 연예 기획사들이 문제 삼아 터트리자 이제는 다들 템페스트를 피해자가 아닌 가해자라고 인식하기 시작한 것.

"그리고 그게 미국에도 소문나기 시작했습니다."

"큭."

배신자는 전 세계 어디에서도 좋아하지 않는다.

그나마 미국에서 조금 반응이 있어서 그들을 데려온 건 사실이지만 미국에서 배신자라는 소문이 슬슬 퍼지기 시작하면 성공은 물 건너갔다고 봐야 한다.

"그러면 우리가 데려올 방법이 없겠군요."

"애초에 저런 계약은 우리가 할 수 없으니까요."

그랬다가는 아마 몽땅 감옥에 갈 거다. 아니, 이제는 감옥행을 피할 수는 없을지도 몰랐다.

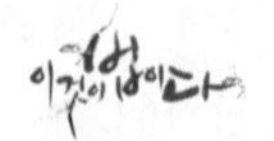

"계약 거부한다고 하세요."

샌디 오라클은 쓰게 웃었다. 자기들의 미래가 너무나 빤히 보였기 때문이다.

"그리고 로비스트를 동원해서 최대한 사건을 틀어막아요. 그게 더 싸게 먹힐 것 같으니까."

그들이 선택할 수 있는 건 그것뿐이었다.

⚖

"뭐?"

템페스트에게는 날벼락이 떨어졌다.

당연히 자기들을 받아 줄 거라 생각했던 퍼펙트가 자신들을 배신했다. 그리고 최종적으로 계약 시도도 더 이상은 없을 거라면서 못을 박아 버렸다.

"이거 말이 다르잖아요! 우리를 어떻게든 데려간다고 했잖아요!"

"그러니까 욕심을 과하게 부리지 말라고 하지 않았습니까?"

지열성은 쓰게 웃었다.

템퍼링에 응하는 놈들이 하나같이 욕심이 과한 건 알고 있다. 하지만 템페스트는 과해도 너무 과했다.

"일단은 현시점에서는 퍼펙트뿐만 아니라 윈드스톰도 더 이상의 영입은 포기할 겁니다."

"그러면 우리 계약금은요!"

"계약금은 당연히 없는 거죠. 애초에 계약하지도 않았는데."

"그러면 우리 돈은!"

"돈이야 우리가 알 바 아니죠."

지열성은 아주 매몰차게 말했다. 그럴 수밖에 없었다.

"변호사비도 마찬가지고요."

"네?"

"물론 일단 제 변호사비는 윈드스톰이 대신 내줬으니까 현 시점까지는 계속 변론할 겁니다. 하지만 항소하거나 추가적인 소송을 하게 된다면 그때는 여러분이 변호사비를 추가로 주셔야 합니다."

"이야기가 다르잖아요!"

"이야기가 다른 게 아니라 법이 그렇습니다. 다만 지금까지는 계약관계가 있으니까 당장 사임계를 제출하지는 않겠습니다."

이미 윈드스톰으로부터 변호사비를 선불로 받았으니 템페스트에 대한 사임계를 지금 제출할 이유는 없다.

'어차피 이건 답 없는 수준이니까.'

지열성은 떨떠름한 얼굴로 템페스트의 멤버들을 보면서 안타깝게 말했다.

"이제는 알아서 살아남으셔야 합니다. 아마 항소한 것도 이기기 힘들 테니까요."

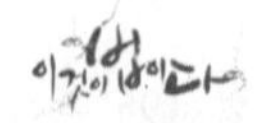

그리고 템페스트의 멤버들과 가족들의 눈동자는 격하게 흔들리기 시작했다.

⚖

"계약이요?"

고연미는 자신을 찾아온 템페스트의 가족들의 질문에 아주 당연하다는 듯 답했다.

"당연히 계속되고 있죠."

"그 말은?"

"네, 저희가 지난번에 말씀드렸다시피 협상이 멈춘 거지 파기된 게 아니에요."

그 말에 다들 얼굴이 환해졌다. 살길이 생겼다고 생각했으니까.

하지만 그 순간, 고연미가 똥물을 확 뿌렸다.

"하지만 그때도 말했다시피 저희 조건은 이적이에요. 그러니까 오션엔터테인먼트의 동의를 받아 오셔야 해요."

"그럴 수가 없습니다!"

"그러면 답이 없죠. 애초에 이적이라는 게 기본적으로 당사자들이 다 동의해야 법적인 효력을 발휘하는 건데."

고연미는 그렇게 말하면서 선을 그었다.

"그리고 조건은 시간이 지날수록 안 좋아지겠죠."

"뭐라고요?"

"그렇잖아요. 지금 이미지가 엄청 안 좋아지는 상황인 거 아시죠? 그리고 저희 정보에 따르면 퍼펙트에서 포기했다던데."

그 말에 템페스트의 가족들은 숨이 막혀 왔다. 설마 그걸 다 알고 있을 줄은 몰랐으니까.

"경쟁할 필요가 없는 거라면 굳이 1천억을 드릴 이유가 없죠."

"그건 말이 다르지 않습니까!"

"협상이 아직 안 끝났다고 했지요? 당연히 조건은 계속 바뀌는 거예요."

고연미는 너무 당연하다는 듯 말했다.

"그러니까 현시점에서 저희는 기존의 조건을 바꿀 수밖에 없어요. 그리고 시간이 지날수록 점점 잊히실 테고."

고연미는 그런 그들에게 쐐기를 박았다.

"그때는 저희가 굳이 여러분과 계약할 이유는 없죠."

그제야 템페스트의 가족들은 자기들이 얼마나 망했는지 알 수 있었다.

⚖

"어떻게 생각하세요?"

그들이 간 후 고연미는 노형진에게 물었다.

서류를 보던 노형진은 고개를 들어 고연미에게 확인하듯

되물었다.

"뭘요?"

"템페스트 놈들이요. 어떻게든 오션엔터테인먼트를 설득하고 싶은 눈치던데, 어떻게 나올까요?"

"아, 그거요? 뻔하죠. 동의만 해 준다면 계약금 중에서 상당 금액을 주겠다고 할 겁니다."

공식적인 이적료는 60억. 그것만으로도 오션엔터테인먼트와 민도영은 손해 볼 일이 없지만 이미 동의해 주지 않기로 이야기가 끝났으니 동의하지 않을 거다.

"그러겠죠. 자기들이 살기 위해서는 그럴 것 같기는 한데, 민도영 씨가 혹하지 않을까 싶어서요."

"아니요. 그러진 않을 겁니다."

"어째서요?"

"애초에 민도영 씨는 저들에게서 마음이 떠났습니다. 더군다나 계약 조건이라는 건 계속 바뀌기 마련이거든요."

"그렇죠?"

"그러니까 저들이 뭐라고 하든 우리는 계약 조건을 받아들이지 않으면 그만입니다."

1천억? 아니, 현시점에서 그들의 값어치는 10억도 안될 거다. 그나마 한국 시장을 버리고 미국 활동을 몰빵 한다면 계약금이 한 1억이나 될까?

"그래도 민도영 씨가 돈 욕심에 해 줄 수도 있잖아요?"

"그래서 더더욱 민도영 씨가 동의 못 해 줄 겁니다."

"네? 어째서요?"

"아까도 말씀드렸다시피 계약 조건은 계속 바뀌지만 그렇다고 해서 거의 실시간으로 반영되는 건 아니거든요."

"그렇죠?"

"그리고 솔직히 말해서 저들에게서 계약금의 일부를 돌려받아 봐야 잘해야 몇억이겠죠."

그나마도 템페스트가 모조리 다 포기하고 건네주면 그 정도나 될까?

"그건 그렇죠."

"하지만 이미 템페스트의 활동비는 1억이라는 계약이 이미 있죠."

"아, 하긴."

이미 출연하지 않아서 파토가 난 계약도 수두룩하고 아직 끝나지 않은 출연 계약도 엄청나게 밀려 있다.

"이제 와서 안 갈 거라고요?"

"말했다시피 소송은 계속되고 있고, 가든 안 가든 위약벌은 그 계약을 기준으로 정리될 겁니다."

"그렇죠."

"그런데 지금 시점에서 템페스트가 고개를 팍 숙이고 다시 오션엔터테인먼트로 들어간다고 하면 우리가 굳이 1억짜리 계약을 유지할 이유가 없죠."

"하긴, 그러네요."

출연하기로 계약한 거지, 그 돈을 주기로 계약한 게 아니다. 그렇기에 계약서에도 약간의 장난을 쳐 놨다.

출연료는 1억이지만 계약금은 100만 원이다.

즉, 이쪽에서 일방적으로 계약 출연을 포기한다 해도 계약금 100만 원만 포기하는 것뿐이고, 그게 총 30건이니 3천만 원 손해다.

"그리고 장기적으로 얻는 이득을 생각하면 사실 3천만 원은 뭐, 손실도 아니겠죠."

"장기적인 이득이라……. 위약벌 말씀이군요."

그런데 돌연 노형진이 고개를 흔들었다.

"죄송한데 그건 힘들걸요."

"네?"

"위약벌이 수백억이 나온다 한들 템페스트 멤버들이나 가족들이 그걸 낼 능력이 될까요?"

"하긴, 그럴 능력이 되지 않겠죠."

당연히 그걸 받아 낼 방법도 없을 거다.

"더군다나 민도영 씨의 성격을 생각하면 아마 자신의 손실 금액을 마무리하는 수준에서 나머지 위약 금액을 탕감해 줄 겁니다. 제가 독하게 행동하라고 당부하기는 했는데 안 되는 사람은 안 돼요. 그나마 이게 최선일 겁니다."

그 말에 고연미는 쓰게 웃었다. 자신이 아는 민도영이라면 충분히 그러고도 남을 사람이다.

"물론 그 시점에서 템페스트는 더 이상 활동할 수도 없겠지만요."

"그러면 그 손실은 어디서 보충하죠?"

템페스트는 이제 완전히 망한 거고 누구도 받아 주지 않을 거다. 이쪽도 받아 주는 척 연기하고 있지만 진짜로 받아 줄 수는 없다.

"미국에서 받아야죠."

"미국?"

"어차피 민도영 씨는 그 돈을 못 받을 게 뻔하니까."

노형진은 어깨를 으쓱하며 말했다.

"그걸 미끼로라도 써야지요. 그래야 하지 않겠습니까? 후후후."

사람들은 착한 사람을 좋아한다. 그러나 변호사 입장에서 본 착한 사람은 호구와 동의어인 경우가 많다.

"이거 청구해야 합니까?"

노형진에게 다시 한번 묻는 민도영.

그리고 노형진은 그런 민도영에게 단호하게 말했다.

"제가 사건 초기에 말씀드렸지요, 제대로 대응하시지 않을 거라면 저희 손 뗀다고?"

"그거야 그런데……."

"저희가 손 떼면 무슨 일이 벌어질지 모르시지는 않을 텐데요?"

"……."

그 말에 민도영은 아무런 말도 못 했다. 왜냐하면 노형진의 말대로 그가 손을 떼면 자신은 망하니까.

노형진이 손을 떼면 당연히 출연에 관련된 계약도 땡 치는 거고, 그러면 결과적으로 위약벌이 사정없이 줄어들 거다.

위약벌이 줄어들면 투자한 금액을 메꿀 방법이 없어지고 미국에서의 재판 역시 이기지 못하게 될 거다.

미국에서 징벌적 배상을 해서 이기기 위해 소송을 진행하고 있기는 하지만 그건 노형진을 통해 드림에서 손잡아 준 거지, 진짜로 드림 로펌에서 무료 봉사하는 게 아니다.

"변호사비를 후불로 받아 준다는 건 미국에서는 엄청난 특혜입니다. 아니면 드림 로펌 수준의 다른 사무실을 현금으로 고용하실 겁니까?"

"……."

그건 불가능하다. 그 사실을 알기에 민도영은 할 말이 없었다.

"그리고 자꾸 착각하시는데 선처는 말입니다, 나의 권리를 포기하는 게 아닙니다."

"네? 그게 무슨 말이신지?"

"내가 권리를 행사하지 않는 게 아니라 권리가 있음을 상대방에게 확실하게 인식시키고 나서 행사하지 않는 게 바로 선처입니다."

노형진의 설명에도 민도영은 여전히 이해하기 어렵다는 얼굴이었다. 하기야, 이게 비슷해 보이지만 더 파고들면 완전히 다른 이야기다.

"그냥 안 하는 게……."

"아니죠. 지금 여기서 민도영 씨가 그들에게 위약벌 청구 소송을 걸지 않으면? 그때는 템페스트가 뭐, 감사해서 눈물이라도 흘릴 것 같습니까?"

"그게……."

"아실 텐데요?"

절대로 그럴 리 없다.

그리고 어쩌면, 민도영이 워낙 착하니 자신들이 조금만 눈물을 흘리면 불쌍하다면서 탕감해 줄 거라고 생각할지도 모른다.

"그런 걸 보통 호구라고 하지요."

"……."

"제가 강제로 집행하라는 소리까지는 안 하겠습니다."

수백억에서 수천억에 달할지도 모르는 위약벌. 그걸 템페스트가 주지 않는다고 강제 집행하는 건 전적으로 피해자인 민도영의 선택의 영역이다.

"하지만 권리 자체를 포기하는 것과 그 권리를 주장하지 않는 것은 전혀 다릅니다."

시간이 지나면 그 청구 자격은 박탈된다. 그걸 막기 위해서라도 민도영은 소송을 통해 권리를 확보해 놔야 한다.

"그리고 이번에 보셔서 알겠지만 템퍼링은 단순히 민 사장님만의 문제가 아닙니다."

누군가가 본을 보여야 한다. 그래야 세상이 바뀐다.

"하지만 그걸 굳이 제가……."

"네, 사장님이 구국의 영웅도 아닌데 그걸 굳이 해야 할 이유는 없죠. 하지만 동일 사례가 쌓이는 것은 때때로 멍청한 놈들이 권리라고 믿게 되는 근거가 되기도 하거든요."

실제로 템퍼링이 벌어진 게 민도영이 처음도, 마지막도 아닐 것이다. 그런데 지금까지 일어난 수많은 템퍼링에서 이 위약벌 조항이 왜 제대로 힘쓰지 못했을까?

그것은 템퍼링을 시도하는 시점에서 일하지 않는 방식으로 수익 창출 자체를 어떻게든 막으려 하기 때문이다.

"이유야 어찌 되었건 다른 기업의 사람들은 민도영 사장님을 위해 나섰습니다."

탄원서를 써 주고 정치권에 압력을 행사하려고 이리저리 전화를 돌렸다. 설사 그게 노형진의 압박에 겁먹어서 그런 것이라곤 해도 그런 노력들이 템페스트의 계약 정지 가처분 신청 기각에 아무런 영향을 주지 않았다고 볼 수는 없다.

"그렇다면 사장님은 이득만 받아먹고 그들의 도움을 그냥 모른 척하시려는 겁니까?"

그 말에 민도영은 아무런 말도 못 했다.

확실히, 자신을 배신한 사람을 지키기 위해 자신을 도와준 사람들을 배신하는 것은 그의 양심상 선택할 수 없는 영역이니까.

민도영은 약한 떨림이 느껴지는 목소리로 무겁게 입을 열었다.

"알겠습니다. 그러면, 청구하겠습니다."

비록 그 과정에서 템페스트 멤버들과 가족들이 망할 수도 있다. 아니, 확실하게 망할 거다.

그러나 생각해 보면 그들이 먼저 공격했는데 이쪽이 아무런 사과도 받지 않고 그냥 물러난다는 것은 완벽한 호구 인증을 하는 것이나 다름없었다.

"그리고 오해하시나 본데, 현시점에서 위약벌은 청구할 수가 없습니다. 그 부분은 확실하게 이야기해야지요."

"네? 위약벌을 청구할 수 없다니요? 분명히 그걸 청구해야 한다고……."

"네, 맞습니다. 이건 어쩔 수 없습니다. 저쪽은 오지 않을 테니까요."

위약벌은 손해배상이 아니다. 그걸 착각해서는 안 된다.

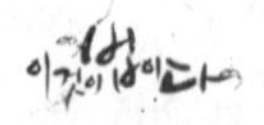

왜냐하면 그것에 대한 법리와 완전히 다르기 때문이다.

"현시점에서 템페스트 멤버들에게 손해배상을 청구할 수는 있습니다."

활동해야 하는데 온갖 핑계를 대며 활동을 거부하고 있으니 그에 대한 손해배상을 청구한다고 해서 계약이 바로 파기되거나 하지는 않는다.

"하지만 위약벌의 발생 조건은 계약의 파기거든요."

"그게 다른가요?"

"다릅니다. 위약벌이라는 건 말 그대로 벌칙입니다. 임의로 계약을 깨는 경우, 그걸 처벌하기 위해 양 당사자가 합의한 거죠."

"그런데요?"

"그런데 그게 작동하는 시점은 계약을 파기했을 때입니다. 그리고 계약이 존재할 때 해당되는 건 위약벌이 아닌 손해배상 청구입니다."

비슷한 금액에 비슷한 청구 같지만 이 두 가지는 법적인 영향력마저도 완전히 다르다.

"그리고 현시점에서 법원은 그들의 신청을 기각했죠."

당연하게도 계약은 존재하고 있다. 서로 신뢰가 깨져서 템페스트가 활동을 쉬고 있는 시점이기는 하지만 그렇다고 계약 자체가 깨진 건 아니라는 거다.

"그런데 왜 그걸 청구하라고 하시는 겁니까?"

"그래야 저들을 갈라서게 만들 수 있으니까요."

"갈라서게 한다고요?"

"네, 저들은 위약벌을 피할 수 없다는 걸 압니다."

실제로 법원의 판결에서도 위약벌은 감경의 대상이 아니니까.

"그러니까 그걸 이용해서 그들 중 일부만을 선처해 주겠다고 하려고 합니다."

"선처하지 말라고 하셨잖습니까?"

"정확하게 말하셔야지요. 선처하지 말라고 한 적은 없습니다, 권리부터 확보하라고 했지."

이 두 가지는 완전히 다르다. 권리를 확보하지 않으면 나중에 위약벌이 수천억이 된다고 해도 받아 낼 수 있는 방법 따위는 없으니까.

"그러니 우리는 상대방 변호사에게 위약벌 청구와 관련된 협상을 할 겁니다. 그러면 그 과정에서 누군가는 살고 싶어 하기 마련일 겁니다."

"계약이 살아 있는 동안에는 그 위약벌 청구는 못 한다면서요?"

"물론 그렇죠. 하지만 계약 해지 소송은 저쪽만 할 수 있는 게 아닙니다."

당연히 소속사인 오션엔터테인먼트도 계약 해지 청구 소송이 가능하다. 다만 그렇게 할 경우 오션엔터테인먼트는 일방적인 계약 해지로 인해 투자금을 전부 날리는 것이 되기에 하지 못할 뿐이다.

"그러나 위약벌을 청구할 만큼의 충분한 근거가 쌓인다면 이야기는 달라지죠."

당장 현시점에서 템페스트는 오션엔터테인먼트에서 잡아오는 모든 행사를 거부하고 연락이 두절된 상태다.

"그건 손실이죠."

하나하나가 구멍날 때마다 손실이니 그게 충분히 쌓이면 오션엔터테인먼트는 템페스트에게 계약 해지를 청구할 수 있다.

그리고 당연히 이 경우, 귀책사유는 오션엔터테인먼트나 민도영이 아닌 템페스트에게 있다.

"위약벌은 말입니다, 회사가 피해자일 때 청구할 수 있는 겁니다. 단순히 이쪽에서 소송을 걸었다고 해서 청구 못 하는 게 아니라요."

"하지만 그러면 무슨 의미가 있습니까?"

"시간이 우리 편이라는 의미가 있습니다."

"시간이 우리 편이요?"

"네, 이런 소송에서 시간은 기본적으로 연예인의 편입니다."

왜 가처분 신청에서 이기는 게 중요하냐? 단순히 자유롭게 활동할 수 있어서?

사실 그건 아니다. 도리어 그건 극히 이득의 일부다.

계약의 효력 정지 가처분이 중요한 이유는 그 처분이 나오는 순간부터 위약벌 규정이 효력을 잃기 때문이다.

가령 그 가처분 신청이 인용된다? 그러면 그 시점부터 1천억짜리 계약을 회사가 가져와도 그 1천억짜리 계약은 절대로 그 위약벌의 평균에 포함되지 않는다.

"그래서 연예인들은 가처분 신청에서 가능하면 빨리 이기려고 하는 겁니다."

하지만 템페스트는 이제 졌고, 그로 인해 위약벌이 미친 듯이 쌓이고 있다.

"그러니 그중 누군가는 배신할 만하지요."

노형진은 그걸 이용할 생각이었다.

⚖

비록 퍼펙트와 윈드스톰이 꼬리를 말고 나가떨어졌다지만 돈을 받은 이상 지열성은 변호사로서의 업무를 수행하지 않을 수가 없었다.

그랬기에 노형진은 템페스트와의 공식적인 창구로 그를 이용하고 있었다. 그리고 그런 노형진과 마주하는 지열성은 후회하고 있었다.

"그러니까 지금 위약벌 청구를 하겠다 이겁니까?"

"당연히 해야지요. 물론 지금은 아니고 계약이 해지되는

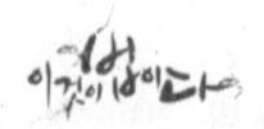

시점에 할 겁니다. 현시점에서는 손해배상을 해야지요."

"끄응."

확실히 틀린 말은 아니다. 현재 오션엔터테인먼트는 실제로 1억짜리 스케줄을 잡아 오고 있는데, 그걸 템페스트가 다 날려 먹어 손해배상이 계속 쌓이고 있는 상황이다.

그리고 손해배상은 위약벌과는 상관없는 영역이다. 배상은 배상이고 벌은 벌이니까.

"그래서, 그걸 왜 우리한테 말하는 겁니까?"

"저희 의뢰인이 너무 착해 빠져서 말이죠, 제 말을 들으시질 않아요."

"그래서요?"

"반성하고 싶은 애들한테 기회를 주겠답니다."

"반성?"

"네, 만일 첫 번째로 반성하고 사과하고 복귀하면 위약벌과 손해배상을 100% 탕감해 준답니다."

그 말에 지열성의 눈동자가 흔들렸다. 자신이 아는 최악의 상황이 펼쳐지기 시작했으니까.

문제는 이 사실을 알아도 자신에게는 막을 방법이 없다는 것이었다.

"그러니까, 같이 오면 용서해 준다 이겁니까?"

"네? 아니죠. 순차적입니다. 아주 극단적으로 비유하자면 단 1초라도 빠른 사람이 더 유리한 겁니다."

"순차적? 1초라도 빨라야 한다고요?"

"네, 같은 자리에서 함께 사과하더라도 한 명이 1초라도 먼저 사과하고 복귀를 결정하면 이 사람이 첫 번째가 되는 셈이죠."

하지만 그가 몰랐던 것은 노형진이 얼마나 지독한 인간인지였다.

고개를 숙이고 들어오면 봐준다는 것. 그러면 저쪽은 분명히 한꺼번에 몰려와서 반성한다고 찡찡거릴 게 뻔했다.

그랬기에 노형진은 그들이 아예 갈가리 찢어지게 만들 생각이었다.

즉, 지열성이 생각한 최악은 사실 진짜 최악이 아니라는 뜻이다.

"첫 번째로 사과하는 사람은 100% 탕감입니다. 하지만 두 번째로 사과하는 사람은 75%를 탕감해 줄 겁니다. 세 번째는 당연히 50%를 탕감해 줄 거고요. 네 번째 사람은 25%를 탕감해 줄 겁니다. 그러면 마지막은…… 아시죠?"

단 한 푼도 탕감받지 못할 거다. 즉, 혼자서 모든 돈을 다 토해 내야 한다는 거다. 왜냐하면 위약벌이라는 것은 N분의 1이 아니기 때문이다.

위약벌이 100억인데 5인 팀이면 한 사람당 20억일까?

아니다. 한 사람이 20억을 다 갚는다고 해도 끝이 아니다. 왜냐하면 그 위약벌은 한 명이 아닌 팀 전체에 부과되는 것

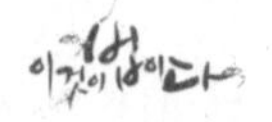

이기 때문이다.

자신의 몫인 20억을 갚았다고 해도 나머지 네 명이 한 푼도 갚지 않았다면 그 사람의 나머지 80억에 대한 책임은 여전히 살아 있다.

그래서 누군가 한 명이 살아남아 돈을 많이 벌어서 자신의 위약벌을 정리하고 자유롭게 활동하는 건 구조적으로 불가능하다.

그런데 노형진은 빨리 찾아와 사과하는 순서대로 위약벌을 전액 혹은 일부를 탕감해 주기로 했다. 이를 반대로 해석하면, 늦게 찾아올수록 개인이 부담해야 할 위약벌이 더 늘어난다는 뜻이 된다.

앞에서 안 갚는 만큼 남은 놈이 더 갚아야 하니까.

"어떻게 그렇게 잔인한!"

"템페스트가 저희 의뢰인에게 한 행동은 잔인하지 않습니까?"

"그건……."

"아, 그리고 이건 개별적으로 통지하면 안 되는 거 아시죠?"

먼저 오는 놈이 유리하다. 그런데 이걸 개별 통지하면 누군가는 먼저 사과하러 튀어나올 거다.

그 말인즉슨 그들이 동시에 들어야 한다는 거다.

만일 지열성이 그걸 알면서도 자기 편의를 위해 개별 통지를 하거나 누군가에게 먼저 알려 주면 중립의무 위반으로 고소당할 테니까.

"그러니까 잘 이야기해 주세요."

노형진은 자리에서 일어나면서 말했다.

"우리는 기다리고 있을 테니까요, 후후후."

노형진은 웃으며 지열성의 사무실에서 나가고 있었지만, 지열성은 노형진의 잔인함에 입만 쩍 벌릴 뿐이었다.

"과연 항복하고 사과하러 올까요?"

"글쎄요? 그건 모르죠."

서류를 바라보다가 문득 궁금해졌는지 고연미가 질문을 던지자 노형진은 어깨를 으쓱했다.

"아마도 할 것 같기는 합니다만."

"그런데 서로 합하지 않고 구분하신 거예요?"

"서로 합하지 못하게 하려고요."

"네?"

"사과하면 받아 준다고 말하면 그놈들이 취할 수법은 뻔합니다."

영 불리하니까 일단은 사과부터 하자. 그리고 합의서를 받고 나중에 다시 뒤통수를 치려고 할 가능성이 아주 높다.

"그들은 지금 하나가 되어서 이쪽과 싸우고 있습니다. 그런데 이득이 달라지면 그때부터는 서로 갈라서게 되죠."

"하지만 예상대로 될까요? 나중에 분명히…… 아…… 설마?"

"네, 서로 소송전으로 치고받고 할 겁니다."

가령 누군가가 1등으로 가서 탕감받았다고 치자.

그러면 어떻게 될까? 나머지 놈들이 반성하면서 자기의 배상금을 내놓을까?

그럴 리가 없다.

"소송할 겁니다. 위약벌은 개개인이 아니라 템페스트라는 집단에게 붙어 있는 처벌이니까요."

그러니 네가 탕감한 것과 별개로 남은 건 나눠 내야 한다고 소송을 걸 가능성이 100%다. 이쪽에서야 전부에게 청구하는 거지만 그놈들은 다 함께 배상금을 분담하면서도 그중 자신이 더 많이 탕감받고 싶을 테니까.

인간이란 그런 존재니까.

"차등을 둔 이유가 바로 그겁니다."

차라리 한 명만 용서해 주겠다고 하면, 네 명이 그 한 명을 물어뜯을 거다.

그리고 모두를 용서한다면 이쪽이 호구가 될 뿐이다.

"하지만 이렇게 되면 권리관계가 더럽게 복잡해지죠."

100% 탕감받은 놈은 개소리하지 말라고 길길이 날뛸 거다. 그리고 75%를 탕감받은 놈 역시 은근슬쩍 100% 탕감받은 놈을 편들 거다. 자신이 더 적으니까.

하지만 50% 탕감받은 놈은 애매해진다. 왜냐, 결국 자기가 내는 돈은 비슷하니까.

반면에 25%와 0% 탕감받은 놈들은 자신들이 낼 돈을 세 사람에게 뒤집어씌우기 위해 혈안이 될 거다.

"권리관계가 복잡해질수록 타협은 더 어려워지기 마련이죠."

그래서 실제로 어떤 사건들은 복잡하다 못해 개판이어서 변호사들조차도 손을 떼기도 한다.

"그리고 지열성은 제가 경고해 줬으니까 모두를 불러 모아서 이야기할 겁니다."

그러지 않으면 나중에 소송에 휘말릴 가능성이 크다.

"그리고 그 행위 자체가 누구도 믿지 못한다는 의미가 되거든요."

만일 누구도 배신하지 않을 거라고 확신한다면 별도로 개별적으로 연락해도 문제 될 게 없다. 하지만 누구도 믿지 못하기에 결국은 개별 통지는 불가능하다.

"자, 이제 눈치 게임만 기다리면 되는 거죠, 후후후."

⚖

"그러니까 우리가 찾아가서 사과하면 탕감해 준다?"

"네, 일단 그쪽 의견은 그렇습니다."

"말도 안 되는 소리! 우리가 왜 사과해요? 사과해야 하는 건 오션엔터테인먼트 아니에요?"

멤버의 어머니 중 한 명이 그렇게 언성을 높였지만 그럼에도 불구하고 그 목소리가 떨리는 걸 감출 수는 없었다.

그때 한 멤버의 아버지가 입을 열었다.

"그게 법적으로 가능한 겁니까?"

"합의는 피해자의 권한이니까요."

"아니, 그 새끼는 피해자가 아닌데……."

"아버님, 어찌 되었건 우리가 한 계약에 관련된 청구는 기각되었고, 그로 인해 위약벌이 쌓이고 있는 상황입니다. 이 상황에서는 그들의 주장이 우선시될 수밖에 없습니다."

그 말에 흐르는 침묵. 그리고 그 침묵 속에서 누군가가 물었다.

"그래서, 지금 그 위약벌인지 나발인지가 얼마요?"

"현시점 기준으로 계산하면 대략…… 1인당 55억 정도 될 거라 생각합니다."

"55억이라니! 말이 돼요? 우리 집 재산이 그 정도가 안되는데!"

"지금 실제로 수익이 나는 행사에 템페스트가 안 나가고 있는 상황이라……."

그 말에 다들 당혹감을 감추지 못했다. 그 모습을 보며 지열성은 참담한 얼굴로 한 마디를 덧붙였다.

"그리고 시간이 지날수록 그 금액은 더더욱 늘어날 겁니다."

"미치겠군."

돈을 더 벌겠다고 민도영의 등에 칼을 찔러 넣었는데 이제는 도리어 자신들이 망하게 생겼다.

"절대로 물러나면 안 돼요! 이대로 물러나면 우리는 모두 망해요!"

"맞습니다. 누구도 물러나지 맙시다."

그리고 가장 열성적으로 공격하자고 했던 멤버들과 그 가족들이 나서서 선동하기 시작했다.

하지만 그들이 나설 거라는 것을 노형진이 몰랐겠는가?

당연히 안다. 그럼에도 그렇게 하도록 놔둔 이유는 간단했다.

"그러면 어쩌자는 겁니까? 같이 망하자고요?"

어떤 조직이든 누군가가 선동하기 마련이고, 누군가는 꺼림칙해하면서도 따라가기 마련이다.

특히 이권이 있다면 더더욱 그렇다.

그런데 그 꺼림칙한 사람은 일이 틀어졌을 때 과연 어떻게 행동할까? 선동하는 사람을 믿고 따라갈까?

아니다. 그런 사람들은 대부분 배신한다.

애초에 믿음으로 엮인 사이가 아니니까.

"우리가 지금 돈을 구할 수 있는 것도 아니지 않습니까?"

"돈이야 소송에서 이기면……."

그때 대화를 듣고 있던 지열성이 입을 열었다.

"이길 수가 없습니다."

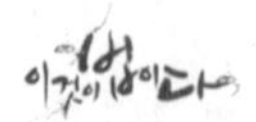

"뭐라고요?"

"이길 수가 없어요, 애초에……."

지열성은 이참에 대놓고 못을 박기로 했다.

어차피 이제 자신에게 도움이 되는 것도 아니고 퍼펙트도 그리고 윈드스톰도 손절 친 상황.

이런 상황에서 자신이 저들의 감정을 생각해 줄 이유는 없다.

"이길 수 없다니요! 이길 수 있다면서요!"

"그거야 기존에는 그랬죠. 이건 법리 싸움이 아니었으니까."

"뭐요?"

"후우…… 기존 판례를 따른다면 분명 이깁니다."

왜냐, 기본적으로 신뢰 관계가 파탄 나면 함께할 이유가 없다는 게 기존의 판사들의 입장이었으니까.

"하지만 이제는 그렇게는 안 된다고요."

이제는 판사들도 이게 단순한 신뢰의 문제가 아니라 금전 문제가 얽혀 있다는 것을 알게 되었다.

그리고 금전 문제가 되면 판결은 달라질 수밖에 없다.

"애초에 뒷배경이 드러나지 않았다면 모를까."

이미 퍼펙트에서 템퍼링을 했다는 의심이 거의 확신으로 바뀐 상황이고, 그 과정에서 발견된 윈드스톰이 장난쳤다는 증거도 한둘이 아니다.

"거기다가 다른 사람들까지 죄다 의견서니 탄원서니 하는 것들을 냈으니."

만일 신뢰 관계가 파탄 났다는 이유로 효력을 정지시킨다면 그건 사기꾼들이나 템퍼링 세력만 좋은 일을 시키는 꼴이니 이제는 재판부도 과거처럼 단순 신뢰 관계 파탄만으로 판결할 수는 없다.

"다른 것도 있잖아요. 정산 문제라든가……."

"그러니까…… 그 정도 수익이 났느냐고요. 애초에 전략이 뭐였습니까?"

위약벌을 최대한 줄이기 위해 아예 활동을 쉬면서 수익을 최소한으로 하는 게 전략이었고, 실제로 그간 온갖 핑계를 대면서 활동을 안 해서 한 달 평균 수익이 200만 원밖에 안 되었다.

아무리 미국에서 나름 반응이 왔을 뿐 한국에서는 무명이라지만 이는 너무 낮은 금액이다.

"당연히 우리가 정산 문제를 삼을 수가 없죠."

정산이라는 게 뭔가? 회사에서 투자 금액을 제하고 나중에 수익이 남으면 계약에 따라 수익을 연예인과 나누는 것이다.

그런데 그 정산이라는 게 남기 위한 전제 조건이 투자 금액의 회수다.

"매달 200만 원밖에 수익 난 게 없는데 무슨 정산입니까?"

당연히 그것도 말도 안 된다. 그리고 그 말을 들으면서 모두의 눈동자가 흔들렸다.

"그…… 그래서 성범죄, 그래, 우리를 성추행했다고 주장했잖아요?"

"그래요. 그거라면 전이라면 한 방에 훅 보냈을 겁니다."

"전이라면?"

"이게 다 저 빌어먹을 노형진 때문입니다."

노형진은 경찰과 검찰의 유죄추정의 원칙을 박살 내 놨다. 그렇다 보니 경찰도 유죄추정의 원칙으로 수사할 수도 없었다.

"애초에 우리가 고발한 것도 아니지 않습니까?"

"그게……."

"네, 알죠. 하지만 그게 문제다 이겁니다."

성범죄를 당했다고 주장했지만 정작 템페스트는 민도영을 고소하지 않았다. 그 대신에 소위 템페스트 팬클럽이라는 제3자가 고발했다.

성범죄에서 친고죄가 제외되었으니까.

"그게 도리어 약점이 되었단 말입니다."

자기가 명백한 피해자라면, 그리고 증거가 있다면 당연히 고소하면 된다, 제3자를 통해 고발할 게 아니라.

"하지만 그러면 나중에 문제가 된다고……."

"그래요. 그래서 고발로 돌린 건데."

여기서 문제는 없는 죄를 이용해서 고소하면 무고죄로 엮이는 경우 한 방에 이쪽이 훅 갈 수가 있다는 것이다.

심지어 고소하는 게 무슨 횡령이나 기업 범죄도 아닌 동성 간 성범죄다. 이게 성립하면 그 당사자는 사회적으로 말살된다고 봐야 한다.

당연히 반대로 그게 진실이 아닌 무고라면 템페스트가 한 방에 훅 간다. 그래서 지열성은 혹시 모를 무고를 피하기 위해 제3자인 자칭 템페스트 팬클럽을 이용했다.

물론 말이 템페스트 팬클럽이지, 자기네 사람들이다.

중요한 건 제3자가 고발하는 경우 그건 무고죄가 성립하지 않는다. 그때는 템페스트가 타격을 입는 걸 막기 위해 돌려서 한 거다.

"결과적으로 그게 문제라고요."

피해자는 가만히 있었다는 것.

입으로만 신나게 떠들 뿐 정작 고발은 하지 않았다는 것.

그게 문제가 된 거다.

"더군다나 소송 기간도 너무 오래 걸렸어요."

가처분 신청이 빨리 끝났어야 했다. 그래야 상대방이 저항할 틈을 주지 않을 수 있었다.

그런데 소송이 너무 오래 걸리면서 상황이 바뀌었다.

"아니, 경찰에 출두하지 말라면서요?"

수사가 진행되었을 때 경찰서에 나가서 성범죄에 대해 증언하는 건 곤란하기에 출두하지 않았는데 그게 도리어 사람들의 의심을 받은 것.

결과적으로 자칭 피해자들이 협조하지도 않고 증거도 제출하지 않으니 경찰은 그냥 혐의 없음으로 넘겨 버린 것이었다.

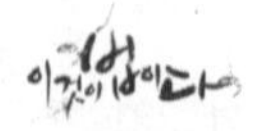

그 결과가 나오기 전에 어떻게든 계약에 대한 효력을 정지시켰어야 했는데 그게 실패했으니 답이 나오지 않는 거다.

"이래서는 소송해도 못 이겨요."

"못 이긴다고요?"

"당연하죠."

가처분이라는 게 뭔가? 상황이 급하니까 일단은 임시로 결정해 두자는 개념이다.

그런데 거기서도 못 이겼는데 하나부터 열까지 꼼꼼하게 확인하는 본안 소송에서 이기겠는가?

애초에 본안 소송에서 이기는 것도 이쪽 의견이 맞아서가 아니라 가처분으로 인해 사실상 두 집단의 신뢰가 파탄 나서 더 이상 수익 자체가 나올 수가 없고 심리적으로도 함께할 수 없기에 그냥 계약을 취소해 버리는 거지, 진짜로 한쪽이 범죄를 저질러서가 아니다.

그런데 이제 이쪽은 범죄를 저질렀고, 저쪽은 아니라면 답은 나와 있다.

"그러면 다른 곳이라도……."

그 말에 다급하게 말하는 한 멤버. 그런 그를 보면서 지열성은 혀를 끌끌 찼다.

'빡대가리 새끼.'

돈에만 눈이 멀었으니 깊은 생각이라는 걸 못 한다.

아니 뭐, 그렇게 대놓고 뭐라고 할 수는 없었다. 그걸 이용해서 자신이 돈을 버는 것도 사실이니까.

"다른 곳에서 데려갈 것 같습니까?"

"네?"

"한국에서 누가 데려가겠습니까?"

당연히 아무도 데려가지 않는다. 어차피 이미 가처분 소송에서 져서 소속을 바꿀 수도 없다.

"그러면 다른 해외 기업이라도……."

"맞아요. 퍼펙트가 3위 기업이라면 1위나 2위도 있을 거 아닙니까? 하다못해 4위나 5위라도……."

아예 자기 수준이 어떤지 감도 못 잡고 어쩔 수 없이 4위나 5위 기업으로 가겠다고 말하는 그들의 모습에 지열성은 단호하게 선을 그었다.

"지금 드림 로펌에서 퍼펙트를 대상으로 징벌적 손해배상을 청구 중입니다. 그 돈은 무려 5천만 달러고요. 그런데 그걸 보면서 누가 여러분을 데려가요?"

그제야 현실을 알아차린 건지 얼굴이 점점 굳어지는 그들.

"여러분은 갈 곳이 없어요."

변호사로서 지열성은 최선을 다해 그들에게 지금의 상황을 이야기해 줬다.

"여러분은 이제 끝난 겁니다."

그 말에 그들은 얼굴이 핼쑥해져서 아무런 말도 하지 못했다.

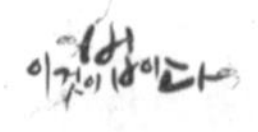

⚖

"아직 안 오네요?"

사무실에서 최종 서류를 확인하던 고연미는 시계를 확인하고는 떨떠름한 얼굴로 중얼거렸다. 이때쯤이면 결과가 나올 거라 생각했는데 전혀 응답이 없었으니까.

"아마도 머리가 깨질 판국일 겁니다."

이제 자기들이 좆 된 걸 알 거다. 그런데 정작 살아날 방법이 보이지 않으니까 죽고 싶은 기분일 것이다.

"그러면 지금이라도 달려와서 살려 달라고 빌어야 하지 않아요?"

"애매한 거죠. 여전히 자존심도 상하고."

거기다가 이쪽에서 용서해 준다고 해도 그걸 믿을 수는 없다고 생각할 테니까.

"그러니까 섣불리 움직이지 못할 겁니다."

"그래서요?"

"그러니까."

노형진은 씩 웃으며 뭔가를 꺼내 흔들어 보였다.

"이걸 보낼 겁니다."

"이건? 내용증명이잖아요?"

"그렇죠."

"내용증명은 왜요? 아니 잠깐, 이거 내용증명 내용이 틀렸는데요?"

노형진의 손에 들린 내용증명 서류를 확인하던 고연미가 다급하게 말했다.

"우리 합의가 이루어진 건 하나도 없어요."

"네, 맞습니다. 현시점에서 합의가 이루어진 건 하나도 없죠."

"그런데 왜……."

내용증명을 보낼 수는 있다. 합의하고자 하는 의견을 보내는 거니까. 그런데 그 내용에 문제가 있었다.

"왜 남은 자리가 세 개뿐이에요? 이 말은 한 명은 합의했다는 소리잖아요?"

"남은 게 75%와 50% 그리고 25%이긴 하죠."

"그러니까 제가 묻는 거예요. 우리는 합의된 게 없는데요?"

그 말에 노형진이 싱글벙글 웃었다.

"그렇죠. 그런데, 내용증명에 사실을 담을 필요가 있나요?"

"네?"

"내용증명의 '증명'은 사실을 고지한다는 의미가 아닙니다."

실제로 내용증명에서 '증명'이 의미하는 것은 사실의 고지가 아니라 이쪽에서 소송 등의 법률적 행동을 하기 전에 합의 등으로 최선을 다했다는 노력의 증명에 가깝다.

실제로 소송 등에서 합의하는 것이나 사전에 협상하는 것 등을 중요시하는 판례들도 많은 데다가 그런 과정이 없으면 아예 불법인 경우도 있기 때문이다.

그래서 내용증명이란 '사실의 고지'가 아닌 '협상의 시도의 증명' 또는 '행위의 증명'이라고 표현해야 맞다.

"그러니까 우리가 거짓말하고 있다고 해도 문제 될 건 없죠."

"그게…… 그렇기는 한데……."

확실히, 내용증명에 거짓말을 담는다고 해서 처벌하거나 하는 규정은 없다.

물론 재판에서 그 사실이 증명된다면 약간의 불이익을 받을 가능성은 있겠지만 그 자체가 불법은 아니다.

"그래도 거짓말인데요?"

"아뇨. 그리고 저는 거짓말하지 않았습니다."

"네?"

"여기 보세요."

노형진은 방금 전 고연미가 착각한 부분을 가리키면서 말했다.

"제가 뭐라고 써 놨죠?"

"현시점에서 남은 자리는 75%와 50% 그리고 25%짜리뿐이라고 써 놓으셨어요. 그러니까 100%짜리가 사라진 거죠."

"네."

"그런데 합의가 되지 않은 거잖아요."

"우리가 합의서에 도장을 찍었습니까?"

"네?"

"우리가 이 조건에 합의하겠다고 도장 찍거나 구두로 약속하거나 협상한 적 있습니까?"

"당연히 없죠. 저쪽에서 대꾸도 안 했는…… 아!"

그제야 고연미는 노형진이 만든 함정이 뭔지 알아차렸다.

"우리가 100% 감면해 주는 자리를 없앤다고 해도 불법은 아닌 거네요?"

"네."

그 자리가 없어진다고 해도 결과적으로 저들이 뭐라고 할 수는 없다. 최소한의 구두 합의에 이른 것도 아니니까.

결과적으로 100% 감면 부분을 날리고 100% 책임지는 사람이 두 명으로 늘어난 거지만 템페스트에서는 누군가가 자기네를 배신하고 먼저 합의했다고 생각할 거다.

"그러면 서로 마음이 급하겠네요."

"네, 아마 이걸 받는 순간 바로 튀어나올걸요."

노형진은 싱글벙글 웃으며 말했다.

"그러니까 합의서라도 준비해 두세요. 오래는 걸리지 않을 테니까, 후후후."

얼마 후 템페스트의 다섯 멤버들은 번개같이 달려왔다. 그러고는 노형진에게 매달렸다.

당연하게도 노형진은 이미 핸드폰도 꺼 둔 채로 민도영을 아예 제주도로 보내 버린 뒤였다. 왜냐하면 민도영이 마음 약한 걸 잘 아는 템페스트 놈들이라면 분명 민도영에게 매달리려 할 것이기 때문이었다.

그러나 노형진의 발 빠른 조치로 인해 그들은 노형진에게 매달리는 수밖에 없었다.

"제발…… 한 번만 봐주세요."

"안 됩니다. 늦게 오셨잖아요."

"너 이 새끼! 네가 배신한 거지!"

"이 새끼야! 네가 배신한 거잖아!"

누군지 모를 배신자로 인해 모든 게 틀어졌다고 생각한 템페스트의 멤버들은 서로를 물어뜯었다.

물론 실제로는 배신자 따위는 없지만 알 게 뭔가? 노형진은 그들의 의리 따위를 지켜 줄 생각이 전혀 없었다.

애초에 의리도 없는 놈들이니까.

"그만! 제가 왜 다 모이라고 한 건지 아십니까?"

"네?"

"누가 배신했는지, 그리고 누가 먼저 합의했는지 드러나지 않게 하려고 다 모이시라고 한 겁니다. 솔직히 말해서 여기서 위약벌 감면 못 받은 분들은 다른 분들한테 소송해서 돈을 내놓으라고 할 거잖아요?"

그 말에 멤버들과 가족들은 분노에 찬 시선으로 서로를 바라보았다. 이 상황에서 누가 배신했는지 알고 싶었으니까.

'하지만 배신자는 없지.'

그렇다. 배신자는 없다. 도리어 이들은 비슷한 시간에 연락해 왔다.

물론 그렇다고 해서 노형진이 그들을 동일하게 탕감해 줄 생각은 없었다. 이들을 이용해서 손실을 보충해야 하니까.

"누가 얼마를 탕감받았는지는 아마 각자 아실 겁니다. 그건 우리가 공개하지 않을 거예요. 공개하는 순간 서로 잡아먹겠다고 난리 피울 테니까."

"그건……."

"그러니까 늦게 연락하신 분은 자신의 책임을 통감하고 그냥 돈 내시면 됩니다."

"제발…… 부탁드립니다, 제발. 저희는 그럴 돈이 없습니다."

현시점에서 추정되는 위약벌은 무려 45억. 아무리 이들 중에 부잣집 출신이 많다지만 섣불리 날려 버릴 돈은 아니다.

도리어 그 돈을 멍청한 아들을 위해 날려 버릴 사람은 극히 드물었다.

"아니, 그건 우리가 알 바 아니죠. 우리가 기회를 십수 번은 드렸는데도 철저하게 무시하셨잖아요?"

"그게……."

"단호하게 말해서 더 이상 용서하는 건 사치입니다. 자신들이 한 짓거리가 뭔지 몰라서 그러세요?"

그 말에 서로는 아무런 말도 하지 못하고 고개를 돌려 버릴 수밖에 없었다. 스스로 생각해도 자신이 한 짓거리는 양심에 털 난 행동이었던 것이다.

"제발…… 한 번만 용서해 주십시오."

그리고 곧 멤버들은 미친 듯이 사과하기 시작했다.

그러나 그런다고 해서 노형진이 용서해 줄 리는 없었다.

"이미 기회는 떠났습니다. 아실 텐데요? 당신들은 이제 활동 못 해요."

노형진은 비웃음이 가득한 얼굴로 말했다.

"뭐, 이런 상황이니 한국 활동은 글러 먹었다고 보시면 되고, 남은 건 미국인데."

실제로 다들 미국 활동만 바라보는 상황이기는 했다. 한국보다는 미국이 확실히 더 돈이 되니까.

"그런데 미안해서 어쩌죠? 당신들이 미국에서 활동하도록 마이스터에서 가만둘 것 같습니까? 애초에 당신들이랑 퍼펙트, 사이가 틀어졌다면서요? 그런데 미국 활동이 가능하겠어요?"

확실히, 마이스터는 둘째 치더라도 퍼펙트와는 마지막에 좋게 헤어졌다고 보기 힘들다. 퍼펙트에서 계약하지 못하겠다고 선을 긋자 템페스트와 가족들이 별의별 욕을 다 했으니까.

물론 이들은 한국에 있었으니 그게 고스란히 퍼펙트에 전해졌을 가능성은 높지 않지만 최소한 퍼펙트에서 템페스트의 미국 활동을 도와줄 리는 없다.

“그리고 다른 소속사에서 당신들을 도와줄 리도 없고요.”

아무리 나중에 계약이 깔끔하게 정리되어도 템페스트는 징벌적 손해배상의 당사자다.

미국 가수도 아닌 한국 가수, 그것도 빌보드 1위도 아니고 200위권에서 반응 좀 오다가 만 애들을 미국 기업들이 굳이 데려가려고 하지는 않을 거다.

“그러니 당신들의 가치는 없는 거죠. 그렇다면 답은 하나뿐이죠. 한 푼이라도 악착같이 뜯어먹어야지요.”

노형진은 아주 차가운 눈빛으로 템페스트 멤버들과 가족들을 바라보았다.

“뭐, 당신들 인생을 다 털어먹으면 그래도 최소한 60억은 안 나오겠습니까?”

그제야 템페스트의 멤버들은 자신들이 멍청한 짓을 했다는 사실을 깨닫고 눈물을 펑펑 흘렸지만 이미 모든 건 끝장난 상황이었다.

“제발…… 한 번만 봐주세요. 다시는 안 그러겠습니다.”

“다시는, 이라니요? 당신들한테 기회가 없을 건데 뭐가 ‘다시는’이에요? 다들 제대로 공부라도 하세요. 그래야 몇 푼이라도 더 벌죠.”

“제발…… 변호사님.”

“아, 법적으로 120만 원 이상 버는 건 저희가 다 압류해서 가져갈 수 있으니까 그렇게 알고 계시고. 지금 살고 있는 집에도 조만간 압류를 걸겠습니다. 설마 부모님들, 이제 와서 '우리는 몰랐습니다.'라며 태도를 바꾸시지는 않겠죠?"

"노 변호사님……."

이런 템퍼링은 거의 대부분 가족들과 연관되어 있다. 가족들이 어떻게든 돈을 더 벌라고 상대방을 설득하기 때문이다.

당연히 이런 경우에는 그 책임을 같이 져야 한다.

"재산이 얼마나 남으시려나 모르겠네."

"흑흑흑…… 변호사님…… 한 번만…… 제발 한 번만……."

이제는 자기가 망했다는 사실이 몸부림치는 템페스트의 멤버들.

하지만 아무리 그들이 빌어도 법적으로 위약벌을 없앨 방법은 전혀 없었다.

방법은 단 하나, 피해자인 민도영이 탕감해 주는 것.

"우리가 바보 같아 보이세요? 우리를 죽이려고 하셨는데 우리더러 당신들을 살려 달라니? 세상이 참 만만한가 봐요?"

노형진은 아주 단호하게 선을 그었다.

그리고 그렇게 템페스트의 멤버들이 절망할 때쯤 슬며시 고연미 변호사가 끼어들었다.

"너무 그러지 마세요. 이 사람들이 원해서 그런 것도 아닌데."

"고 변호사님."

이들은 고연미 변호사를 안다. 왜냐하면 오션엔터테인먼트의 소송은 노형진이 담당하지만, 몬스터엔터테인먼트로 이들을 데려오기 위한 협상은 고연미 변호사가 담당했기 때문이다.

그랬기에 이들은 고연미 변호사가 오자 반색했다. 최소한 이들에게 고연미 변호사는 우호적인 관계였으니까.

'그런데 그게 다 계획된 것인 줄은 모르나 본데, 후후후.'

물론 노형진이 우연히 그렇게 설정한 건 아니다. 처음부터 하나의 목적으로 설계한 것이었다.

"뭐가 원해서 한 게 아니에요? 작심하고 죽이려고 덤볐는데."

"아닐 거예요. 제가 만나 보기도 하고 이야기도 해 봤잖아요. 솔직히 노 변호사님보다는 제가 더 오래 이야기했잖아요. 당연히 더 잘 알죠."

"그런 게 어디 있습니까?"

"그런 거 무시하지 마세요. 제가 보기에는 이분들도 퍼펙트에 속은 거예요. 안 그래요, 여러분?"

그 말에 템페스트의 멤버들과 가족들은 격하게 고개를 끄덕거렸다. 실제로 그렇게 믿고 있었으니까.

퍼펙트와 윈드스톰 매니지먼트가 가만있는 자신들을 자극해서 템퍼링이라는 함정에 빠지게 만든 거라고, 그들은 생각하고 있었다.

전형적인 범죄자들의 합리화 과정이지만 사실 노형진에게는 그게 필요했다.

"진짜입니다."

그리고 노형진의 예상대로 그들은 자신들이 살기 위해 아는 모든 정보를 토해 내기 시작했다.

"저희가 진심으로 원한 건 그저 돈뿐이었습니다. 하지만 퍼펙트에서는……."

⚖

뉴욕 법원에서는 모두의 관심을 끌고 있는 재판이 진행되고 있었다.

퍼펙트 대 오션엔터테인먼트.

그리고 퍼펙트는 필사적으로 전력을 다해서 사건을 막으려고 노력 중이었다. 만일 여기서 지면 진짜 재기 불능에 빠질 수도 있기 때문이다.

그간은 그게 어느 정도 잘 먹혔다. 일단 퍼펙트가 본격적으로 나서서 한 게 아니라 언제나처럼 윈드스톰이라는 다른 기업을 내세워서 템퍼링을 시도했기 때문이다.

하지만 오늘은 퍼펙트의 변호인단은 참담한 얼굴을 감출 수가 없었다.

"친애하는 재판장님, 한국에서 공식적으로 확보된 템퍼링 관련 템페스트의 증언을 들려드려도 되겠습니까?"

그렇게 시작된 증언은 퍼펙트에게는 치명적이다 못해 아

주 답이 없는 수준이었다.

—퍼펙트에서는 이참에 민도영 사장하고 오션엔터테인먼트를 확실하게 망하게 하는 게 좋을 거라고 했어요. 아무리 우리가 가처분에서 이겨도 저쪽에서 이의신청을 할 테니 소송만 오륙 년이 걸릴 텐데, 그러면 템페스트가 활동하는 데 방해된다고요.

—그러면 그쪽에서 한국의 위약벌에 대해 언급하지는 않던가요?

—그렇잖아도 했어요. 위약벌 같은 경우는 탕감이나 파산이 불가능하지만 당사자만 없어지면 어차피 청구할 수도 없으니까 걱정하지 말라고.

—당사자만 없어지면?

—소송이 시작되면 다른 사람들이랑 언론사를 통해 압박해서 오션엔터테인먼트를 파산시키고, 상황에 따라서는 민도영 사장…… 아니 사장님을 자살시키는 것도 목적에 포함되어 있다고.

—왜죠?

—위약벌이 상황에 따라 너무 커진대요. 미국에서 번 돈이 아직 정산되지 않아서 그렇지, 정산되면 위약벌 금액도 미친 듯이 뛸 테니까 차라리 그 전에 죽여 버리는 게 나을 거라고.

—여차하면 킬러라도 쓰겠다는 뜻입니까?

—킬러는 아니고 사회적으로 매장시킨 후에 물어뜯으면 자

신들이 조사한 대로라면 민도영은 자살할 거라고 했어요.

–그러니까 처음부터 죽이려고 들어온 거다?

–저희가 원한 게 아니에요. 저희도 그 동성 간 성범죄자로 하는 건 영 찝찝했다고요. 아무리 단순 성추행이라지만 동성한테 성추행 당했다는 소문이 그룹 이미지에 도움이 되는 것도 아니고.

–그런데요?

–사회적으로 고립시켜서 자실시키려면 그게 가장 확실하다고 했어요. 성범죄자는 사회적으로 고립시키기 쉬워서 몇 달 안에 자살시킬 수 있다고.

이야기가 진행될수록 퍼펙트 측의 변호사들은 입술이 바짝바짝 말랐다.

"재판장님, 이건 증거 하나 없는 일방의 주장일 뿐입니다. 더군다나 지금 템페스트는 자신들을 받아 주지 않았다는 이유로 저희 퍼펙트에 적대적 감정을 품고 있습니다. 애초에 저희는 템페스트와 일면식도 없는……."

당연히 증거가 없다면서 어떻게든 상황을 벗어나려 하는 퍼펙트 측 변호사들.

하지만 노형진이 왜 굳이 템페스트를 압박해서 증거를 내놓으려고 했겠는가?

"아직 안 끝났습니다."

드림 로펌의 변호사는 말을 끊으려 하는 퍼펙트 측의 변호사를 가로막으면서 다음 파일을 작동시켰다.

–안녕하세요. 퍼펙트의 제이슨 최입니다.

다음 파일에서 나오는 제이슨 최 이사의 목소리. 그리고 그 목소리를 들으면서 퍼펙트 측은 마음이 급해졌다.

–민도영 사장이 안 죽으면요?

–어차피 그 채권은 민도영 사장이 아닌 오션엔터테인먼트 소속이니까 푼돈 좀 주고 그걸 인수하면 그만입니다.

–안 판다면요?

–뭐, 살다 보면 불운한 사고가 있을 수도 있는 법이죠. 안 그렇습니까?

이게 사고를 통해 협박을 하겠다는 건지, 아니면 사고처럼 꾸며서 죽여 버리겠다는 건지 도통 알 수가 없는 말이었다.

하지만 한 가지는 확실했다. 절대로 이 말을 재판부에서는 그냥 넘길 수가 없었다. 기업의 이익을 위해 한 기업을 망하게 하는 것만으로도 부족해서 손해배상을 하지 않기 위해 상대방을 죽이려고 했다.

“재판장님.”

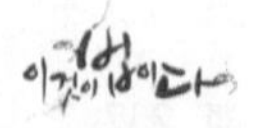

드림 로펌 측은 아주 당당하게 목소리를 높였다. 증거가 없다면 모를까, 증거가 있다면 선택지는 사실 뻔했다.

"손해배상액을 1억 달러로 증액하겠습니다."

그 말에 퍼펙트 측은 아무런 말도 하지 못한 채로 입을 꾸욱 다물었다.

"최종 합의금은 8천만 달러. 한화로 약 1천억이라고 보시면 됩니다."

그 말에 민도영은 왠지 충격 받은 얼굴이었다.

하기야, 그 고생을 하면서 번 돈이 10억이 채 안되는데 합의금만으로 1천억이라니.

그렇게 템페스트가 꿈꾸던 1천억의 계약금은 민도영이 가져갔다.

"그렇게나 많다고요?"

"네, 퍼펙트 입장에서는 소송을 계속 이어 갈 수도 없으니까요."

가수를 빼앗기 위해 단순히 회사를 망하게 하는 걸 넘어서 여차하면 죽일 수도 있다는 말을 꺼냈다.

설사 그게 자살을 유도하는 것이라 한들 명백하게 심각한 문제였다.

물론 제이슨 최는 죽여 버린다는 표현이 한국인들 사이에서 쉽게 나오는 말로, 실제로 학생들이 싸울 때 곧잘 그렇게 말한다고 주장했다.

하지만 그게 미국 법원에서 먹힐 만한 변명은 아니었고, 애초에 그는 개인이 아닌 퍼펙트의 이사로서 행동했기에 퍼펙트 입장에서는 어쩔 수 없이 사건을 무마하기 위해 어마어마한 금액의 합의금을 제시해야 했다.

"이걸 제가 받아도 되는 겁니까?"

"당연히 받을 수 있는 겁니다."

민도영은 느끼지 못했을 뿐 생명의 위협을 당했던 사람이다. 그것도 거대 기업에 의해서 말이다.

그러니 그가 이 돈을 받는 건 너무나도 당연했다.

"이 돈을 어디다 써야 할지……."

"그건 마음대로 결정하시면 될 일입니다."

새로운 그룹을 키워도 되고, 아니면 아예 은퇴해서 화려한 삶을 살아도 된다. 그건 누구의 돈도 아닌 그만의 돈이니까.

"그저 그 가치를 잘 생각해서 쓰시면 됩니다."

"가치라……."

"누군가는 템퍼링에서 벗어나지 못한 사람도 있을 테니까요."

그 말에 민도영은 고개를 끄덕거렸다.

"일부는 그런 피해자들을 돕는 데 쓰고 싶네요."

"그것도 좋은 생각입니다. 다만 그게 템퍼링에 당한 건지,

아니면 연예인을 착취하다가 결국 법의 철퇴를 맞은 건지는 생각을 많이 하셔야 할 겁니다만."

"그건 노 변호사님이라면, 아니 새론이라면 잘 알아내 주시겠죠."

"기꺼이요."

그런 사람들에게 투자해서 새로운 시도를 한다면, 그것도 나쁘지는 않은 일이기는 하다.

"그러면 템페스트 멤버들은 어떻게 되는 겁니까?"

문득 자기가 키웠던 멤버들이 생각난 건지 묻는 민도영에게 노형진은 단호하게 선을 그었다.

"그들은 끝났습니다. 그들은 평생 자기들이 저지른 죄의 대가를 받겠지요."

아무리 그들이 나중에 민도영에게 유리한 증거를 내놨다 해도 결국 그들이 저지른 템퍼링이라는 행위가 사라지는 것은 아니니 위약벌을 갚기 위해서는 아마도 평생 일해야 할 거다.

"최종적으로 개인당 68억이니까요."

누군가는 그중 상당 부분을 탕감받았고, 누군가는 탕감받지 못했다. 하지만 한 가지는 확실했다.

그들이 아무리 노력해도 그 돈을 갚기 위해서는 평생이라는 시간이 걸릴 거라는 거다.

"결국 자업자득입니다."

최소한 그들이 욕심을 부리지 않았다면 그들은 그 정도 돈은 벌었을 거다. 아무리 이제야 미국에서 반응이 왔다지만 미국은 미국이니까.

하지만 돈에 눈이 멀어 배신했으니 그 배신에 대한 벌을 받은 것뿐이다.

"자업자득이라 이거군요."

그 말에 민도영은 쓰게 웃었다.

하지만 이제는 봐주겠다는 소리는 하지 않았다.

그도 이제야 안 것이다, 자신이 죽을 거라는 걸 알면서도 그들이 배신했다는 걸.

"네, 자업자득이죠."

그랬기에 노형진은 그들이 어떤 선택을 하든 한 줌의 안쓰러움도 느껴지지 않았다.

전쟁과 전쟁

"빌어먹을. 러시아에서는 뭐 이리 요구하는 게 많은 거야?"

"아무래도 전쟁에서 불리하니까요."

"세계 2위라더니 지금 뭐 하자는 거야? 장난해? 고작 그따위로 세계 2위라니."

중국의 국방장관은 주명위는 눈을 찡그렸다.

러시아-우크라이나 전쟁 이후에 러시아는 미친 듯이 무너지고 있었다. 어느 틈엔가 무기도, 사람도 다 잃어버리고는 경제봉쇄 상태에서 오로지 우크라이나 하나 먹겠다고 닥돌하고 있는데, 그가 보기에 그건 그리 쉬운 일이 아니었다.

우크라이나가 너무 필사적으로 저항하는 탓도 있지만 생각과 달리 러시아의 무기들이 아주 뛰어나지 않았기 때문이다.

물론 그렇다고 해서 못 쓸 정도는 아니었다. 사실 구소련 시절부터 지금까지 러시아의 기본 전략은 싸게 그리고 적당한 성능을 기준으로 만들어 내는 것이니까.

문제는 우크라이나에서 사용되는 무인 시스템이라는 게 그런 적당한 성능에 적당한 가격을 가진 적당한 무기에 엄청난 부담으로 다가온다는 거다.

당장 대전차미사일만 해도 그렇다. 현실에서 대전차미사일이 등장하면서 일부에서는 그 대전차미사일 때문에 전차의 시대가 끝났다고 난리였지만, 정작 미사일을 쏠 때 희생되는 숫자에 대해서는 언급되는 바가 없다.

실제로 전쟁터에서 전차 한 대를 잡기 위해서는 세 명이나 네 명이 한 개 조가 되어서 대전차미사일을 쏴야 하는데, 그들 중 대부분이 죽는다.

쉽게 말해서 대전차미사일은 분명 전차보다 싸지만 그 값을 사람의 목숨으로 치르는 느낌이 강했다.

그러나 무인 발사 장치가 생기자 이제는 정말로 전차의 운명에 대해 생각해야만 하는 상황이 되었다.

수백 미터 밖에서 무선으로 조종하니 기존처럼 후폭풍 걱정에 공간에 얽매이지 않아도 돼서 이야기가 달라졌던 것.

"남의 일이 아닙니다. 대만을 수복해야 하는데 대만은 말 그대로 시가전의 지옥입니다."

"끄응."

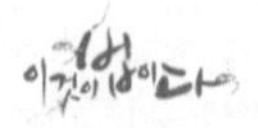

대만.

중국의 역린이자 미래를 위해 차지해야 하는 곳이다.

태평양으로 나가기 위해서는 대만을 되찾는 것은 필수다.

사실 대만을 되찾는 것도 어떻게 보면 말도 안 되는 소리다. 역사적으로 대만은 중국의 땅이었던 적이 없으니까.

엄밀하게 말하면 그나마 송나라 시대에 관리되기는 했지만 어디까지나 총독을 보내서 관리하던 식민지 개념이었지, 중국의 영토로 보지는 않았다.

대영제국 시절에도 인도에 총독을 보내 지배했지만 지금의 인도를 영국 땅이라고 보지는 않으니까.

그런데 중국은 국민당군이 도망가자 그걸 핑계 삼아 대만을 모조리 먹어 버리고 싶어 하는 셈이었다.

"그래서, 전략을 수정해야 한다고 봅니까?"

"그럴 필요야 있겠습니까? 저희 인민 해방군이라면 당장이라도……."

그 말을 듣고 있던 주명위는 눈을 찡그렸다.

"이봐요, 우만량 상장. 내가 언제 입발림하고 싶답니까? 여기에는 우리뿐입니다. 당에 하는 입발림 말고 현실을 이야기하자 이겁니다. 우리가 제대로 알아야 싸워 보죠. 아니면 대만에 상륙했다가 싹 다 죽고 나서 숙청당하고 싶습니까?"

그 말에 우만량은 잠깐 고민했다. 그럴 수밖에 없는 게 중국 공산당의 특성상 여기에 도청 장치가 없다고 보긴 힘드니까.

다행히 그건 주명위도 알고 있었다.

"어제 깔끔하게 정리했으니까 당분간은 괜찮아요. 그러니까 사실대로 말해 봐요."

"저희의 전략은 사흘 이내에 대만을 수복하는 것이지만 현실적으로는 힘들 것 같습니다."

"진짜로요?"

"네, 다른 건 몰라도 이번에 러시아-우크라이나 전쟁에서 보인 기존 무기들의 한계와 신무기들의 효과는 심각합니다."

"그 정도인가?"

"네, 저희가 대대적인 민간인 학살을 하지 않는다면 상륙은 쉽지 않을 겁니다."

"민간인 학살? 그것도 올라가야 하는 거 아닌가?"

학살을 하면 안 된다? 아니, 그건 상관없다.

어차피 싹 다 죽여야 하는 놈들이다. 그저 지금 죽느냐 나중에 죽느냐의 차이일 뿐.

"그게 아니라 최악의 경우 독가스를 살포해야 합니다."

"뭐? 그게 무슨 소리야?"

"일단 아파트들이 너무 튼튼합니다."

대만은 아파트 천지다. 영토는 작은 데에 비해 인구는 많다 보니 선택지가 없었던 것이다.

그런데 그런 아파트들이 이번 우크라이나 전쟁에서 엄청나게 튼튼하다는 사실이 드러나며 난관으로 다가왔다.

"미사일 한두 개로 무너지는 그런 상황이 아닙니다."

적이 아파트에 숨어서 저항할 거다. 그건 오래전부터 예상한 일이었기에, 포격과 미사일로 제압한 뒤에 상륙하려 했었다. 그걸 위해 장거리 포탄도 엄청나게 쌓아 뒀고 오래된 전투기들은 아예 무인기로 개조 숫자로 밀어붙여서 대만 도심을 박살 낼 준비를 해 놨다. 그랬는데.

"과거의 건물과 현대의 건물의 방어력에 대해 생각하지 않은 게 실수였습니다."

실제로 본격적으로 건물을 부수어 가면서 전쟁한 건 2차 대전이 마지막이었다. 베트남전은 정글에서 싸우는 게 대부분이었기에 베트남전의 건물을 부술 일이 얼마 없었다.

물론 국지전이 없었던 것은 아니지만 그 국지전이 벌어진 나라들이 대부분 가난해서 제대로 된 건물이 없었기에 대포 두어 방만 맞으면 건물이 와르르 무너지곤 했다.

"하지만 이번 우크라이나 전쟁에서는 달랐습니다."

우크라이나가 가난한 나라라곤 하나 그래도 나름 멀쩡한 건축 기술을 가진 나라다. 그렇다 보니 제대로 된 판단을 할 수 있었다.

"건물이 미사일을 직격당해도 붕괴되지 않더군요."

일부분이 폭발로 날아가고 중간에 구멍이 뻥 뚫리긴 해도 상당수 아파트들은 버티고 서 있었다.

그나마 무너진 곳들도 오래된 곳들이지, 최근에 만들어진 건물들은 중간에 구멍이 났어도 버티고 서 있었다.

"사실상 지하 주차장은 지하 벙커라고 봐야 합니다."

"그러면?"

"네, 아파트 지하 주차장에만 숨어 있어도 현실적으로 미사일이나 포격을 통해 대만군을 제압하는 건 불가능해 보입니다."

그 말에 주명위는 눈을 찡그렸다. 그도 장군 출신이었지만 건물의 강도에 대해서는 생각해 본 적이 없으니까.

그러다 보니 이게 절대로 호락호락한 문제가 아니라는 걸 확실히 알 수 있었다.

"다른 놈들은?"

"해군이나 공군은 뭐, 해결이 쉽습니다."

해군? 말이 대만 해군이지, 어디 숨을 곳도 없는 배들을 미사일로 샤워 한 번만 시켜 주면 남아나질 않을 거다.

설사 남아 있다 해도 자랑스러운 인민 해방군 해군의 앞에서 싹 다 쓸려 나갈 거다.

공군? 대만에서 터널을 뚫는다느니 땅속에 공군기지를 만든다느니 설레발을 치며 어떻게든 막아 보려고 하고 있지만 애초에 압도적인 공군력은 이쪽이다.

제공권은 완벽하게 인민 해방군이 잡고 있으니 떠 봐야 바로 추락할 거다.

더군다나 미국에서 눈치를 봐서 구형 전투기들만 가진 대

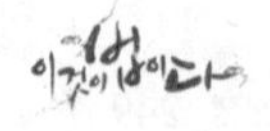

만이다. 그에 반해 이쪽은 이제 막 배치되기 시작했다지만 스텔스기를 가지고 있다.

"스텔스 성능이 예상보다 약하다고 하던데?"

사실 원래 역사대로라면 중국의 스텔스기가 더 빨리 배치되었어야 했다. 하지만 이번에는 중국의 스파이 조직들이 노형진에 의해 박살 나는 바람에 그 시기가 상당히 미뤄져서 이제야 조금씩 배치되고 있고, 그나마도 원래 역사에 비해 성능이 큰 폭으로 떨어지는 상황.

"그래도 스텔스는 스텔스죠. 대만기들이 우리를 잡을 때쯤이면 이미 미사일 사거리 안일 겁니다."

"하긴, 그렇지."

그러니 대만도 문제가 안 된다.

"문제는 육군입니다."

육군이 점령하고 있는 도시를 점령하는 것은 지옥문이 열린다고 표현해도 될 정도로 힘든 일이다.

대대적인 전쟁이 없었기에 다들 육군의 존재감을 잊어버렸지만, 전투에서 이길 수 있는 건 공군이지만 전쟁을 끝내는 건 육군이다.

"도심에 들어가면……."

"인민 해방군이 녹아내리겠군."

"그렇습니다."

현대의 도심에서의 전투는 지옥이다. 과거에 스탈린그라

드(지금의 볼고그라드)에서 벌어진 전쟁터에서도 엄청난 수의 양측의 병력이 녹아내렸다.

그런데 더 튼튼해지고 더 복잡해진 현대의 도심이라면 어떨까? 서울 위쪽에 있는 일산 같은 곳들이 괜히 우스갯소리로 일산 그라드라고 불리는 게 아니다.

전쟁이 터지면 현실적으로 북한은 거기를 뚫을 방법이 없다. 아마 전군을 거기다 다 밀어 넣어도 갈려 나갈 테니까.

과거에 성을 무너트리기 위해선 세 배의 병력이 필요하다고 했다. 하지만 현대전에서 도시는 그 열 배의 병력도 방어할 만한 구조다.

특히 그곳을 잘 아는 병력이 있다면 더더욱 그렇다.

"거기다 그 무인 병기들이……."

"끄응……."

건물 하나하나를 다 박살 내면서 움직이자니 돈도 문제지만, 애초에 중국의 전략이 사흘 이내에 대만을 싹 쓸어버리고 미군이 도착하기 전에 전쟁을 끝내는 것이라 곤란하다.

건물을 모조리 부수고 들어가기 시작하는 시점에서 그건 물 건너간 거다. 애초에 그런 식으로 도시 하나를 점령한다면 시간이 얼마나 걸릴지 짐작조차 할 수 없으니까.

아마 그때는 인민 해방군을 싹 다 밀어야 할 텐데, 그러면 나라가 무너질 수도 있다.

"거기다 이 무인 병기들이 엄청난 숫자가 대만으로 흘러

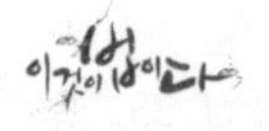

들어가고 있습니다."

"대만으로?"

"네, 인도에서 미친 듯이 팔아넘기고 있습니다."

"이런 개 같은 인도 새끼들이!"

그 말에 주명위의 눈에 불똥이 튀었다.

"하지만 막을 방법이 없습니다."

"끄응."

인도는 원래 중국과 사이가 좋지 않다. 그런데 하필 체급이 비슷하기까지 하다.

그러니 압박을 가한다 한들 인도가 겁먹고 무기를 대만에 팔지 않을 가능성은 거의 없다.

"한국은?"

"한국의 무기 공장도 작은 규모가 아니지만 그놈들은 이쪽이 아닌 유럽에 무기를 공급하기에 바빠서……. 거기다 한국군 내부도 자체적으로 무인 전투 사령부와 자체 무인화 부대를 만들 생각인 것 같습니다."

"하아."

"미치겠군."

샹량핑은 어떻게든 대만을 먹어야 한다고 생각한다.

실제로 현재 샹량핑은 3차 연임에는 성공했지만 경기가 안 좋아지면서 4차 연임이 위험한 상황이다.

그래서 샹량핑이 선택한 4차 연임을 위한 전략이 대만의 흡수 통일. 그러니 때가 되면 샹량핑은 대만에 대한 진격을 명할 거다.

"그리고 그때가 되면 주일 미군과 주한 미군이 달려올 겁니다."

최단 시간으로는 공군 전력으로 스물여덟 시간, 함대 자체는 사흘 이내에 함대가 올 거다.

"그걸 막기 위해서는 우리가 한국과 일본에 선제공격을 해야 합니다."

그래야 공항을 박살 내고 그들의 긴급 기동을 막을 수 있다.

"그리고 아시겠지만 그건 현실적으로 세계3차대전의 발발을 뜻합니다."

아무리 일본이 호구 같아 보여도 미사일을 처맞았는데 반격을 하지 않을 리가 없다.

한국? 한국이야 잠깐은 북한을 통해 막을 수 있을 거다.

문제는 북한도 병신은 아니라는 거다.

병신처럼 행동하고 미치광이 전략을 쓰고 있지만 애초에 그런 전략을 쓰는 이유가 뭔가? 이기지 못할 걸 알기 때문이다.

중국의 요청을 받으면 잠깐 방패 역할을 하겠지만, 전쟁이 나면 한 달을 버티기 힘들다는 걸 알기에 도리어 완전히 무시할 가능성도 크다.

그리고 한국도 바보도 아니고 미사일을 처맞았는데 참을 리가 없다. 북한을 핑계 삼아 전면전까지 하지는 않겠지만

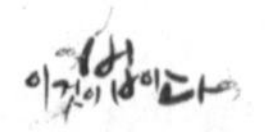

대만에 해군 파견이나 군사적 지원은 할 거다.

"그러면……."

"우리 입장에서는 고립되는 상황입니다."

당에 하는 찬양 일색의 전략 전술이 아니라 진짜 현실적인 개념으로써의 전략 전술을 구성해 보면 개전 사흘 이내에 대만을 집어삼키는 건 불가능하다. 그게 현실이다.

"그걸 당에서는 인정하지 않을 텐데."

"그게 문제입니다."

현실적으로 못 이긴다? 그걸 당에서 인정할까?

아니다. 군사적인 전략이라고는 쥐뿔도 모르는 놈들이기에 당연히 해결책을 만들어 내라고 할 거다.

"그렇다고 일부 위원들이 말하는 핵의 사용은……."

"헛소리!"

핵을 쏴서 미국의 뺨을 일단 한 대 올려붙이고 시작하자.

일부에서 주장하는 말이다.

확실히 핵 한 방이면 미국의 7함대는 깡그리 죽일 수 있다. 그런데, 그러면 미국이 핵을 안 쏠까?

당연히 쏜다.

미국이 핵을 쏘지 않으면 미국의 핵우산에서 한국과 일본이 이탈해서 미친 듯이 핵을 만들기 시작할 테니까.

자국이 핵을 처맞아도 핵을 쏘지 않는데 타국에 핵우산을 제공하겠는가?

"전에는 이 정도는 아니었잖아?"

"그랬죠. 대만군은 오합지졸이었으니까요."

대만은 중국이라는 거대한 적을 앞에 두고도 미국만 믿고 방어를 소홀하게 하는 나라다.

대만군의 군 복무 기간은 4개월이다. 미래에는 1년으로 늘어나기는 하지만 현시점에서 대만군은 진짜로 나라를 지키기 위한 군대라기보다는 만일의 사태에 대비해 총 쏘는 법이나 가르쳐 두겠다는 의미가 강하다.

그렇기에 실전에서는 비명을 지르면서 지리멸렬한 상태에 빠질 거라고 다들 확신하고 있었다. 인민 해방군 사병의 복무 기간은 2년이니까.

"하지만 무인 병기라면 이야기가 달라집니다."

무인 병기는 자신이 안전한 곳에서 싸울 수 있다. 그러면 전투하는 효율도 높아질 수밖에 없다. 내가 위험하지 않으니 더더욱 적극적으로 싸우게 되는 거다.

"그러면 우리가 할 수 있는 건?"

"그게 문제입니다. 방어 장비는 무인화가 쉽습니다만……."

공격 장비는 무인화하기가 어렵다. 그렇다 보니 결국 방어하는 놈들이 유리할 수밖에 없는 구조.

"골 때리는군."

그 말에 주명위는 한숨이 나왔다.

"그러면 정말로 1순위로 해야 하는 건 한국인가?"

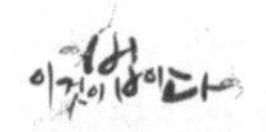

"그렇습니다."

"일본이야 어차피 해군 위주이니 그놈들은 어떻게든 막을 수 있습니다. 미국 놈들도 결국 보병전에서는 꼬리를 마는 편이니까요."

미사일로 싹 다 밀어 버리면 일본 해군 따위는 충분히 제압 가능하다.

그에 반해 한국군은 그럴 수가 없다. 일단 북한을 제압하면 당연히 중국 땅으로 밀고 들어올 테니까.

"최악의 경우 한국군이 대만에 파병되면……."

"지옥이군."

도심에서 한국군 수십만이 자리 잡고 방어전을 치른다?

진짜 그때는 인민 해방군의 피가 강이 되어서 흐를 거다.

미국의 워 게임(미국 육군에서 사용하던 전쟁용 모의실험 프로그램)에서는 만일 전쟁이 터지면 인민 해방군의 인명 피해가 만 단위라고 판단했지만, 그렇게 되면 최소한 백만 단위의 사망자가 나올 가능성도 있다.

"한국을 어떻게 해야 한다는 건데……."

주명위는 한참을 고민했다.

물론 일본이라는 나라를 무시하는 건 아니다. 하지만 아무리 기술이 발전해도 결국 전쟁을 끝내는 건 육군이지, 해군이나 공군이 아니다.

"한국이 미국과 일본의 지원을 받으면서 대만에서 시가전을 하는 게 우리에게는 최악의 상황입니다."

그걸 막기 위해서는 한국을 어떻게 해야 한다. 일본과 미국의 투입을 막을 수가 없으니까.

"한국에 쿠데타를 야기하는 건?"

실제로 중국은 이미 그 방법으로 동남아 나라들을 야금야금 뒤집어엎고 있었다. 미얀마도 중국의 지원을 받아서 쿠데타를 일으킨 게 정설이고, 다른 나라들 역시 쿠데타를 일으키기 위해 여러 지원을 하고 있는 상황.

아이러니하게도 그러한 중국의 행동이 아레스 밀리터리 그룹이 아프리카에서 동남아까지 세력을 확장하는 이유가 되기도 했다.

"힘듭니다. 다른 나라들하고 다르게 민중 간 불화가 선을 넘지 않아서요."

서로 빨갱이니 친일파니 하면서 이를 드러내고 으르렁거리고 있지만, 현실적으로 총질할 정도는 아니다.

실제로 홍안수가 쿠데타를 일으킬 때 내심 자기네 지지 세력이 함께 들고일어나 줄 거라 믿었지만 정작 국민들은 단호하게 선을 그었다.

"우리가 무기를 공급해서 싸우게 할 수는 있겠지만……."

"극히 일부 정도겠군."

"네, 거기다가 한국은 죄다 군사훈련을 받은 놈투성이라……."

"끄응, 그렇지."

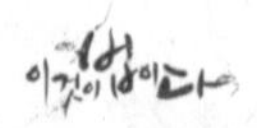

차라리 군부가 완벽하게 무기를 통제하면 쿠데타는 쉽다.

왜냐, 현대의 무기들은 민중이 무기를 든다고 해서 감당할 수 있는 수준이 아니니까.

하지만 한국은 다르다. 남자들이 죄다 군 복무 경험이 있기에 필요에 따라서는 전차나 자주포 같은 주요 장비들을 다룰 수 있다.

거기다 죄다 대학을 졸업한 똑똑한 병사들이라 장군이 쿠데타를 일으켜도 순순히 따르지 않는다.

"그래서 쿠데타는 힘들 겁니다."

"그러면 다른 방법으로 한국의 힘을 빼야 하는데 말이지."

"네, 아무래도 다른 방법을 찾아야 할 것 같습니다. 대만을 우려먹기 위해서는 한국 문제를 해결해야 합니다."

유만량은 단호하게 말했다. 그리고 그 말을 들으며 주명위는 머릿속에서 가능한 모든 방법을 찾으려 하고 있었다.

⚖

"이참에 한국에서 줄을 똑바로 서라고 하지."

샹량핑은 주명위의 말에 아주 노골적으로 말했다.

얼마 전 유만량과의 대화 이후로 한국에 대한 고민이 깊어진 참이었는데 때마침 샹량핑이 자신을 호출해 이런 말을 하니 주명위는 떨떠름한 표정을 지었다.

"주석 동지, 그런다고 해서 한국이 우리에게 줄을 서지는 않을 겁니다. 잘 아시겠지만 그놈들은 친미입니다. 은혜도 모르는 놈들이 우리를 위해 싸우겠습니까?"

"아니, 지금이 기회야."

"어째서 말입니까?"

"한국의 대통령인 송정한은 자주적인 사람이지. 미국이 가장 싫어하는 타입이야."

"네, 알고 있습니다."

"그렇기 때문에 지금이라는 거야. 지금 한국과 미국의 사이는 과거와 같지 않다네."

한국과 미국의 사이가 동맹이긴 하지만 모든 정권에서 사이가 좋았던 건 아니다. 미국은 한국의 정권이 일본처럼 시키면 시키는 대로 하는 개가 되기를 원하지만, 한국인들은 특유의 반골 기질 때문에 주기적으로 미국의 말을 듣지 않는 놈들을 대통령으로 뽑는 편이었다.

"그러니 우리가 압박하면 우리에게 줄을 설 거야."

"주석 동지, 미국과 사이가 안 좋은 것은 우리에게 줄을 서는 것과 전혀 다릅니다. 아시겠지만 아무리 미국과 한국의 정권들의 사이가 나빠도 어찌 되었건 한국은 친미 국가입니다."

주명위의 말에 상량핑은 보고 있던 보고서를 탁 덮으며 그를 똑바로 바라보았다.

"중국의 국방을 책임지는 사람이 이렇게 감각이 없어서야

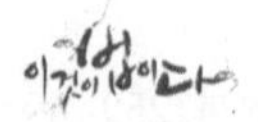

쓰나."

"지혜를 내려 주십시오, 주석 동지."

"반골 기질이라는 건 말이야, 대상만 잘 정해 주면 이쪽을 위해 쓸 수 있는 무기야."

"하지만 반골 기질을 무기로 쓸 만한 게……."

이해가 가지 않는 주명위. 그러자 상량핑이 피식 웃었다.

"왜 없나? 일본이 있지 않나?"

"일본 말입니까? 일본이야 뭐, 어차피 한국과 철천지원수 아닙니까?"

"물론 그렇지. 하지만 지금 일본은 방사능 오염수를 바다에 뿌리겠다고 한국에 협박하지 않고 있나?"

"아!"

그랬다. 일본은 돈 때문에 자신들의 방사능 오염수를 바다에 투기하겠다고 아예 못 박은 상황이었다. 실제로 지금도 그걸 위한 장비와 시설을 짓고 있는 중이었다.

"한국 놈들이 그간 보여 준 모습을 보면 말이야, 그걸 그냥 넘어갈 것 같나?"

"당연히 아니겠지요……. 그렇군요. 반일 감정이 한순간에 강해지겠군요."

"그래, 바로 그때를 이용하자는 거야."

일본의 오염수 방류를, 미국은 편들어 주고 있다. 그리고 절대로 그걸 막을 생각이 없다.

물론 오염수를 방류하지 않아도 그걸 처리할 방법이 없는 건 아니다. 하지만 미국은 자신들의 이득을 위해 전 세계가 오염되어도 신경 쓰지 않을 거다.

애초에 미국이 중국보다 좀 더 나은 거지, 착한 나라라고 볼 수는 없으니까.

"한국 정권은 말이야, 절대로 반미는 용납 못 해."

실제로 그간 그 어떤 정권도 반미를 외치지 못했고, 조금이라도 미국과의 동맹이 흔들린다 싶으면 사정없이 공격받아서 정권이 바뀌었다.

"확실히 그렇죠."

"미국은 놈들에게는 상국이야. 그런데 그런 상국에서 허락한 걸 과연 한국 놈들이 대놓고 반박하겠어? 그리고 자네도 알 텐데? 한국에서 친일 세력은 국가를 전복해도 될 정도로 크다고."

다만 한국의 특성상 진짜로 전복하는 경우에는 국민들의 반발로 한 달도 못 가서 모가지가 날아갈 게 뻔해서 안 하는 것뿐이다.

"군부 그리고 정치, 사회, 종교까지 한국에서 친일의 그림자는 지울 수가 없지."

"그러면……."

그 말을 들은 주명위는 뭔 말을 해야 하나 고민했다. 이해가 되지 않았으니까.

그러나 상량핑은 그런 그를 탓하지 않았다.

'그래, 이게 딱 좋아.'

주명위를 국방의 책임자로 둔 이유가 뭔가? 바로 그 멍청함 때문이다.

너무 똑똑하면 샹량핑의 자리를 위협할 테지만 다행히 주명위는 충성심만 강할 뿐 똑똑하지는 않았다.

"아마도 일본에서 진짜로 오염수를 방류한다 해도 친일 세력이 하나 되어서 그걸 비호할 거야. 친일 세력에게는 친일이라는 것 자체가 미국에 대한 충성이기도 하거든."

"그러면?"

"그래, 한국은 절대로 일본과 싸우지 못해. 그렇다면 대신 싸워 줄 만한 나라가 어디 있을까?"

"우리 중국이군요."

"그래, 자기 어업을 지키기 위해 그놈들은 우리에게 매달릴 수밖에 없지."

샹량핑은 싱글벙글 웃으면서 말했다.

"그러니 우리는 그들에게 그 대가를 받아 내면 되는 거야."

"우리 쪽으로 줄을 서라고 할까요?"

"그럴 놈들도 아니고 믿을 수도 없는 놈들이야. 그러니까 이용해 먹어야지."

"어떻게 해야 하는 게 좋을까요?"

"대만에 대한 침공 준비는 제대로 되어 가고 있지?"

"네, 다만 무인 병기들과 다양한 무기들이 넘어가고 있어서……."

"그러니 그걸 막아야지. 한국에는 노형진이 있지. 그놈이라면 충분히 그걸 막을 수 있지."

"좋은 생각입니다, 각하."

"빵즈 놈들이 쉽게 우리를 이용할 수 있다고 생각하나 본데, 그렇게 쉽게는 안 되지, 후후후."

샹량핑은 이참에 한국에서 받아 낼 수 있는 건 다 받아 낼 생각이었다.

⚖

"이거야 뭐, 첩첩산중이라더니."

자문 위원회의 노형진은 그렇게 말할 수밖에 없었다. 그럴 만도 했다. 상황이 너무 좋지 않았으니까.

"일본에서는 뭐랍니까?"

"방류할 수밖에 없답니다."

"미친 새끼들. 몇 년간 잠잠하다 싶더니."

일본에서 극우 세력이 한때는 힘이 빠지는 듯했다. 분명 그랬다.

그런데 어느 순간 극우 세력이 다시 조금씩 고개를 들더니 이제 다시 일본의 주력이 되어 가고 있었다.

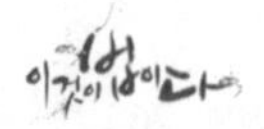

친한, 아니 최소한 한국과의 관계를 우호적으로 끌고 가려고 하는 세력은 그런 극우 세력의 공격에 제대로 힘쓰지 못하고 있었다.

"일본의 극우가 이렇게 힘이 셀 줄이야."

"일본의 극우가 힘이 센 것도 문제지만 애초에 다른 정치조직이 없다는 게 가장 큰 문제죠."

한국의 지원을 받은 세력이 없는 것은 아니지만 애초에 쥐고 있는 금액 자체가 워낙 극단적으로 차이 나는지라 이길 수가 없었다.

"일왕은 도움을 못 주겠죠?"

"힘들 겁니다. 일왕의 권한은 종교에 한정됩니다."

일본은 헌법으로 일왕의 권리를 제한해 놨다. 그랬기에 일왕은 국가수반으로서의 상징성만 있지, 권한이 있는 건 아니다.

"현시점에서 일왕이 종교상의 권리인 파문을 이용하기는 힘들어요. 정치적 영역이니까."

일본의 일왕은 모든 종교의 수장으로서 인정된다.

물론 천주교나 기독교 등의 수장은 아니지만 일본 전통 종교의 수장은 일왕이니 파문은 그가 선택할 수 있는 가장 강력한 무기다.

문제는 종교적인 문제나 자신의 지위에 관련된 게 아니거나 진짜 정치적인 문제라면 파문을 쓸 수 없다는 것.

"오염수의 방류는 일왕이 할 수 있는 게 아니니까요."

"그건 그런데……."

다들 혹시나 했지만 역시나라는 얼굴이 되었다.

"중요한 건 오염수를 방류를 막는 건데, 어떤 방법이 있겠습니까?"

송정한은 떨떠름한 얼굴로 모두에게 질문을 던졌다.

하지만 누구도 쉽게 말하지 못했다. 그도 그럴 게 오염수를 방류하는 데 있어서 가장 힘을 자랑하는 곳이 도리어 그 오염수 방류를 찬성하고 있기 때문이다.

미국은 일본의 오염수 방류를 찬성하고 있고, 그걸 막아야 하는 IAEA는 적극적으로 그걸 방류하라고 부추기고 있었다.

"아니, 그래도 별문제 없지 않을까요? 그래도 IAEA는 과학적으로 별문제가 없을 거라고 하던데."

그 와중에 누군가가 혹시나 하는 말로 말하자 노형진은 코웃음을 쳤다.

"IAEA야 당연히 별문제가 없을 겁니다. 그치들은 핵 발전이야말로 미래 청정에너지라고 부르는 집단 아닙니까?"

"네?"

"집단의 속성을 생각하셔야지요. 애초에 IAEA가 뭐 하는 곳인데요."

IAEA는 국제 원자력 기구다. 즉, 전 세계 원자력발전 등을 총괄하고 관리 감독하는 집단이다.

"그런데 IAEA가 원자력은 위험하고 컨트롤하기 힘든 에너지라고 발표해 버리면 자기 존재를 부정하는 셈이 됩니다."

아무리 IAEA가 국제기구라지만 기본적으로는 원자력이 전 세계에 고르게 퍼지기를 원하는 입장을 유지할 수밖에 없다. 그래야 자신들의 세력을 늘릴 수 있으니까.

"애초에 IAEA에서 그걸 조사하는 사람들이 누굽니까? 과학자들 아닙니까? 거기에 해양학자가 있길 합니까, 아니면 의사가 있길 합니까?"

거대한 집단이니까 공신력이 있다. 이는 틀린 말이다.

도리어 거대한 집단은 도리어 소속된 집단의 생존을 위해 뻔한 거짓말을 하기도 한다.

"담배만 해도 그렇죠."

과거에 담배 회사의 로비를 받고 담배가 몸에 좋다고 말한 게 바로 의사들이다. 그리고 석면이야말로 완벽한 물질이라면서 담배 필터를 석면으로 만들어야 한다고 말한 놈들도 의사들이었다.

"그거야 과학기술이 발전하지 않았던……."

누군가가 말을 끊으려고 하자 노형진은 그를 보며 되물었다.

"그래서 지금은, 과학기술이 얼마나 발전했나요?"

"뭐라고요?"

"그렇지 않습니까? 지금 과학기술이 발전했으니 수십 년, 아니 수백 년간 방사능 오염수를 방류해도 된다는 건 누가 보장합니까? 안 그런가요?"

그 말에 그는 아무런 말도 못 했다. 실제로 그런 사람은 아무도 없으니까.

"과학기술은 상대적인 겁니다. 그 시대에도 석면은 과학적으로 안전했습니다. 하지만 현실은 1급 발암물질이죠. 멀리 갈 필요도 없습니다. 자동 분사 방향제만 해도 안전한 물질이었습니다."

다만 그게 안전하다는 결과가 나온 이유는 기본적으로 피부 접촉을 기반으로 한 용도로 허가를 받은 데다 수년간의 호흡기를 통한 접촉에 대해서는 생각도 못 했기 때문이다.

"누구도 방사능 오염수를 수십 년간 퍼 마시는 걸 고민하지는 않았습니다. 그런데도 과학적으로 안전하다는 말이 나옵니까?"

"하지만 일본 정부는……."

"그쪽 이야기는 그쪽 이야기고!"

다시 은근슬쩍 일본 편을 들어 주려고 하는 자문 위원에게 송정한이 단호하게 선을 그었다.

"이보게나, 최 위원. 말은 제대로 해야겠군."

"네, 각하?"

"우리는 기본적으로 방류 반대야. 그리고 이 자리는 방류에 대한 찬반 여부를 논의하기 위한 곳이 아니야. 우리가 어떻게 오염수에 대한 방류를 막을지에 대해 논의하기 위한 자리지."

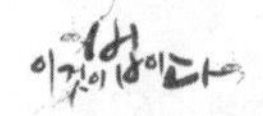

그 말에 최 자문 위원은 슬며시 시선을 돌렸다.

상황이 일단락되자, 송정한은 노형진에게 물었다.

“일단 한 가지만 확실하게 해 보세. 오염수 처리 방법이 일본에는 하나뿐인가?”

“아닙니다. 여섯 가지 방법이 있습니다.”

첫 번째, 수증기를 만들어서 수분은 날리고 농축된 오염 물질은 격리한다.

두 번째, 전기분해를 통해 수분을 줄이고 오염수를 격리한다.

세 번째, 지금처럼 격리된 공간이 가두어 둔다.

네 번째, 땅속 깊숙하게 파이프를 박고 오염수를 흘려 넣는다.

다섯 번째, 오염수 자체를 시멘트 등과 섞어서 그 자체로 고정시켜 격리한다.

여섯 번째, 그냥 바다에 흘려보낸다.

“그런데 그중 제일 싼 게 그냥 방류하는 거죠.”

첫 번째와 두 번째는 돈이 미친 듯이 들어간다.

세 번째는 공간을 엄청나게 차지한다.

네 번째는 해당 지역이 영구적으로 방사능에 오염된다. 문제는 이 과정에서 땅뿐만 아니라 지하수 역시 오염되는데, 이 지하수가 땅속의 흐름에 따라 어디로 흘러갈지 알 수가 없다는 거다.

다섯 번째는 가장 효과적이지만 그래도 만만찮게 돈이 든다.

여섯 번째, 제일 싸고 간편하다. 그냥 수도꼭지 틀 듯이 그냥 틀어 버리면 그만이니까.

"싼 건 아닙니다. 그 처리 설비를 설치해서 방류한다고 하니까요."

여전히 어떻게든 일본 편을 들어 주려 하는 최 자문위.

송정한은 그런 그의 모습에 눈을 찡그렸다.

그는 좋게 말하면 일본통, 나쁘게 말하면 친일파지만 그래도 필요하다고 생각해서 자문위에 받아 준 것이었다. 그런데 아무리 봐도 일본 편만 들어 주고 있었다.

"아, 그래서 한국에서 해당 장비 확인도 못 하고 검사도 못 하고 검수도 못 하고 처리된 오염수에 대한 조사도 못 합니까?"

"그건 일국의 권리입니다."

"바다가 언제부터 일본 거였습니까?"

"하지만 분명히 IAEA가 안전하다고……."

"네, 그런데 한 가지만 묻죠. IAEA가 현지에서 직접 시료를 채취하거나 장비를 점검하거나 테스트에 참가했습니까?"

그 말에 최 자문 위원은 아무런 말도 못 했다. 실제로 그랬으니까.

IAEA는 '오염수가 안전합니다.'라고 사람들을 향해 외치고 있지만 단 한 번도 현장에서 장비 점검을 하지도, 시료도

채취하러 오지도 않았다.

모든 행정 업무는 오로지 일본의 요구에 맞춰 이루어지고 있었고, 일본이 서류를 제출하면 일본의 판단에 따라 이루어지고 있었다.

당연히 검사도 일본에서 제공한 시료로 이뤄지고 있었다.

"그 시료가 처리된 오염수인지, 아니면 뭐 깊은 산속 옹달샘수인지 알 게 뭡니까?"

"아무리 그래도 일본이 그 정도로 거짓말할 리가 없지 않습니까?"

"안 할 거라고는 어떻게 믿습니까? 일본이 한국에 뭔 짓을 했는지 일단 역사 교육부터 해 드려요?"

노형진의 말에 최 자문 위원의 얼굴이 시뻘게졌다.

"자 자, 그만. 노 변호사도 그만하게."

"네, 대통령님."

"이 시점에서 가장 좋은 방법은 뭡니까?"

"가장 좋은 방법은 다섯 번째, 즉 고체화입니다."

"고체화?"

"그렇습니다."

고체화해 버린 방법을 쓴다면 어딘가 오염될 가능성이 현저하게 떨어진다. 돈이 들기는 하지만 그렇다고 해서 많이 드는 건 아니다.

"하지만 콘크리트가 어디서 떨어지는 것도 아니고 상식적으로 돈이 얼마나 많이 드는데…….”

최 위원의 말에 노형진은 단호하게 선을 그었다.

“그건 어디까지나 상대적인 겁니다. 솔직히 말해서 콘크리트를 통해 고체화한다면 돈은 그렇게 많이 들지 않아요.”

“당신, 건설해 본 적은 있습니까? 빌딩 하나 강도를 유지하면서 올리는 것만 해도 드는 돈이 얼만데…….”

“네, 해 봤죠. 그런데 강도가 꼭 빌딩 같아야 할 필요가 있습니까?”

빌딩의 경우는 애초에 그 안에 들어가야 하는 게 엄청나게 많다. 왜냐, 그 안에는 사람도 들어가고 가구도 들어가고 차량도 들어가야 하니까.

당연히 콘크리트의 강도 역시 상당히 높아야 한다.

“하지만 애초에 이건 그냥 보관이 목적인 겁니다.”

누군가가 올라타고 뛰어다닐 것도 아니고 그걸 이용해서 철근을 넣을 일도 없다.

그저 굳어서 고정될 정도면 된다. 그리고 그 정도면 생각보다는 많은 양이 필요하지 않다.

“물론 바다에 그냥 뿌리는 게 더 싸죠. 하지만 현실적으로 가장 효과적인 방법이자 가장 안전한 방법입니다.”

증발시키는 방법은 돈도 많이 들지만 방사능 물질 역시 증발할 가능성을 무시 못 한다는 문제가 있다. 그리고 땅속에 흘려 넣는 방법은 바다에 방류하는 것 다음으로 최악의 선택이다.

“하지만 고체화하는 거야 뭐, 어렵지 않으니까요.”

시멘트를 통에 넣고 섞어 주면 그대로 굳어 버릴 테니까.

물론 모양을 만들 정도로만 넣을 테니 강도가 떨어지겠지만 중요한 건 그게 아니다.

그 자체로 어디로 사라지지도 않고 방사능도 충분한 시간이 지나면 사라진다는 점을 감안하면, 시간과 공간이 필요할 뿐이지 가장 확실한 방법이라고 할 수 있다.

“결국 방사능은 반감기가 있으니까요.”

당장 일본에 히로시마와 나가사키에 핵폭탄이 터졌지만 시간이 지난 지금 그 지역에는 사람이 살고 있다. 그렇다면 그 시절에 만든 핵폭탄에는 방사능이 없을까?

그럴 리가 없다. 그럼에도 그 지역에서 사람이 살 수 있는 건 반감기가 지나면서 방사능이 극도로 약해졌기 때문이다.

“하지만 공간이 없다고…….”

“공간이 없기는 왜 없어요? 그 주변에 텅 빈 도시가 한두 곳이 아닙니다.”

공간이 없는 게 아니다. 다만 돈이 아까운 거다.

그랬기에 일본은 필사적으로 바다로 오염수를 흘려보내기 위해 노력하고 있는 거다.

“그러면 일본의 그런 행동을 국제사법재판소에 제소하는 건 어떻겠습니까?”

누군가의 말에 노형진은 고개를 흔들었다.

"아마 그래도 이기기는 힘들 겁니다."

"어째서요?"

"국제사법재판소에 대한 영향력이 가장 강한 나라가 어디라고 생각하십니까?"

"끄응……."

당연히 미국과 일본이다. 심지어 일본은 전 세계의 온갖 단체에 엄청난 뇌물을 주고 있다.

물론 그렇다고 해서 국제사법재판소가 미국과 일본만을 위한 판결을 내려 주지는 않을 거다.

"문제는 거기에서 자문을 구할 곳이 뻔하다는 거죠."

"IAEA군요."

"네."

그리고 IAEA는 일본의 오염수 방류에 대해 적극 찬성하고 있는 국제기구다.

"또한 중요한 건 그걸 제소한다고 해도 일본이 방류를 멈추지는 않을 거라는 거죠."

국제사법재판소의 판단에는 강제력이 없다. 정확하게는 뭔가를 하지 않을 경우 그 정당성을 부여할 수는 있지만, 그러지 않은 경우에는 아무 의미도 없다.

"예를 들어 우리가 일본산 수산물을 수입하지 않겠다고 한 이유로 제소당했죠. 기억하시죠?"

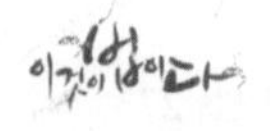

"네."

"그리고 거기서 이겼습니다."

정확하게는 후쿠시마 주변의 수산물을 수입하지 않겠다고 한 건데, 일본은 어떻게든 후쿠시마산 수산물을 팔아먹고 싶어서 국제사법재판소에 제소했었다.

애석하게도 1심에서는 졌지만 2심에서는 이겨서 그나마 후쿠시마산 수산물이 한국에 유통되는 걸 막아 낼 수 있었다.

"중요한 건 그 과정에서 결국 우리는 후쿠시마 수산물을 수입하지 않았다는 거죠."

설사 2심에서 졌다 한들 과연 한국이 후쿠시마 수산물을 수입했을까?

아니다. 아마도 정상적인 상황이라면 무슨 짓을 해서라도 그걸 다시 저지하기 위해 싸웠을 거다.

어차피 그걸 지키지 않았다고 유엔이 쳐들어오는 것도 아니고, 두 국가의 분쟁은 그 두 국가끼리 알아서 할 일이니까.

"그리고 지금 일본이 한국에 뭐라고 하죠? 정작 국제사법재판소의 판결을 무시하는 건 일본 아닙니까?"

"끄응."

여전히 일본은 한국에 후쿠시마산 수산물을 수입하라고 압력을 행사하고 있다. 즉, 상황 자체는 바뀌지 않았다는 거다.

"하지만 지금은 정당성이 이쪽에 있다는 것 정도입니다."

국제사법재판소라 해도 군사적으로 압력을 행사할 수도,

그렇다고 해서 정치적으로 압력을 행사할 수도 없다.

"물론 어느 정도의 돈으로 사건을 정리할 수야 있겠지만 지금 우리에게 필요한 건 돈이 아니지 않습니까?"

"그건 그렇죠."

도리어 돈으로 퉁칠 수 있다면 일본에서는 만세를 부를 거다. 그들이 원하는 게 딱 그런 걸 테니 말이다.

"그러니 현실적으로 국제사법재판소에 제소하는 건 의미가 없습니다."

"그래서 제소도 하지 않는다는 겁니까?"

"아뇨. 안 한다는 게 아닙니다. 만일 일본이 오염수 방류를 시작하면 당연히 해야지요. 다만 일본이 그 결과에 따라 방류를 멈추지는 않을 거라는 얘기입니다."

도리어 그런 기회를 이용해서 어떻게든 오염수가 안전하다고 주장할 거다. 최악의 경우 그들은 아예 시간을 질질 끌면서 오염수를 모조리 바다에 버리는 걸 선택할 거다.

"음……."

"현시점에서는 오염수 방류를 막기 위해 국제사법재판소에 제소하는 건 큰 의미가 없습니다."

법을 가장 잘 아는 노형진이기에 알고 있었다. 국제사법재판소는 사실상 하나의 요식행위일 뿐이다.

"더군다나 국제사법재판소에서 미국의 압력을 받고 일본에 대해 우호적인 판결을 내릴 가능성이 높기 때문에 일본은 더 이상 거리낄 게 없습니다."

그때는 아마 닥치는 대로 방사능 오염수를 바다에 버릴 거다.

'원래 역사에서도 말이 많았지.'

원래 약속은 그런 방사능 오염수를 정제해서 그나마 깨끗한 소위 처리수라는 걸 내보내는 거였다.

하지만 방류가 시작되자 최초 방류 이후로는 그걸 제대로 처리해서 내보내는 건지 확인할 방법이 없었다. 철저하게 자기네 사람만 배치할 뿐, IAEA를 비롯한 그 누구의 해당 구역에 대한 접근도 허용하지 않았기 때문이다.

당연히 해당 오염수가 정제되었는지, 오염수의 방사능 수치가 얼마나 되는지 알아내는 것은 근본적으로 불가능했다.

그래서 그 당시에 돌던 음모론 중 하나가 바로 일본에서 정수하지 않고 무차별적으로 뿌린다는 소문이었다.

왜냐하면 결국 정수라는 걸 필터를 써야 하는데 필터를 교체하는 데에는 돈이 드니까.

돈을 아끼는 것에만 관심이 있었던 일본 정부는 당연히 그러한 소모성 필터에 대한 교체를 방치하거나 아예 교체하지 않는 방향으로 나아갔고, 그 결과 방출된 오염수는 거의 그대로 누출되었다는 의혹이 많았다.

"단호하게 나가야 합니다. 우리가 장비를 점검하고, 테스트하고, 일본에서 정수한 물을 채취해 표본 검사를 할 수 없다면 절대로 허락하지 못한다고 해야 합니다."

노형진의 말에 송정한이 걱정스럽게 말했다.

“나도 이야기했다네. 그런데 말이야, 아예 요지부동이야. 너희가 그걸 왜 판단하느냐, 딱 그 수준이라네.”

그 말에 노형진은 눈을 찡그렸다.

‘극우 세력을 많이 줄였다고 생각했는데.’

그런데 아무리 봐도 극우 세력이 권력에서 벗어나는 건 절대 쉬운 일이 아니었던 모양이다.

“그러면 대통령님은 어떻게 하는 게 좋을 거라 생각하십니까?”

“글쎄, 그게 고민이야.”

미국에서는 해당 방류를 인정하라고 압박하고 있고, 방류를 막기 위한 법률적 과정은 없다고 봐도 무방하다.

“미국에서는 어차피 막을 수 없으니 적당히 동의해 주고 그 대신에 이득적인 부분을 좀 더 챙기라고 하는데…….”

“개소리하지 말라고 하세요. 방류하는 지역 주변에 무슨 이득이 있단 말입니까?”

설사 있어 봐야 극히 일부일 테고, 방사능 오염이 의심되는 상황에서 이득을 챙겨 봐야 그건 개인적인 이득에 불과하다.

“자기들이 당하는 일이 아니라 이거죠.”

노형진은 눈을 찡그리면서 말했다.

“일단 현시점에서 일본 내부의 도움을 받는 건 불가능하다고 봐야 합니다.”

“그렇다고 미국에나 다른 나라에 도움을 청하는 것도 불가능하겠지."

유럽이야 우려 섞인 말을 하고 있지만 사실상 남의 일 취급이다. 일본에서 머니까.

동남아 국가? 일부를 제외하고는 입 다물고 있다. 거리가 멀기도 하지만 그 나라들 대부분이 일본의 영향을 강하게 받고 있기 때문이다.

"아니, 뭐라고 하든 일본은 신경 쓰지 않습니다."

노형진의 말에 다들 고개를 끄덕거렸다.

"확실히 이런 경우는 답이 없죠."

외교든 뭐든 결국 모든 것은 기본적으로 티키타카다.

즉, 이쪽에서 뭐라고 하든 그에 따른 반응을 보여야 한다.

하지만 일본은 아무런 반응도 보이지 않는다. '너는 떠들어라. 나는 똥 싼다.' 이게 현재 일본의 상황이다.

실제로 일본은 여러 나라들이나 여러 과학자들이 불만을 이야기하는 걸 철저하게 무시하고 있다.

"그러니 현시점에서 뭐라고 할 수가 없다네."

"중국은 뭐랍니까?"

"중국?"

"네, 국제 관계는 혼자서 이끌어 가는 게 아니지 않습니까? 더군다나 지금 문제는 한국만의 문제가 아닙니다."

도리어 중국 입장에서는 더더욱 곤란한 상황이다. 해류의 특성상 한국보다 더 빨리 방사능 물질이 도착하기 때문이다.

“중국이라…….”

“가장 좋은 건 함께 손잡고 일본과 싸우는 겁니다.”

“그게 쉽지가 않아.”

그런데 상황은 노형진의 생각보다 더 좋지 않았다.

“쉽지 않다니요?”

‘쉽지 않을 게 뭐가 있지?’

회귀 전에는 중국과 한국의 사이가 무척이나 좋지 않았다. 하지만 현 역사에서는 그 정도는 아니었다.

물론 한국과 중국은 구조적으로 사이가 좋을 수는 없다. 애초에 한국이 좋아지고 싶다고 해도 중국이 보는 한국이란 돈 좀 쥐고 있는 노예, 혹은 속국 수준이기 때문이다.

그래도 회귀 전처럼 철천지원수 관계는 아니기에 충분히 대화를 통해 함께 해결책을 내놓을 수 있어야 정상이었다.

“그게 말이야, 중국에서 무리한 요구를 하더군.”

“무리한 요구요?”

“그래, 하나의 중국을 지지하라고 하더군.”

“그거야 뭐, 공식적으로 인정하는 바 아닙니까?”

실제로 그건 어쩔 수 없는 거다. 국민들의 감정과 별개로 중국이라는 나라는 한국에서 포기할 수 없는 나라니까.

그렇다 보니 자연스럽게 하나의 중국을 인정하고 따라갈 수밖에 없다.

“단순히 그것뿐이라면 내가 고민을 안 하겠지. 하나의 중국

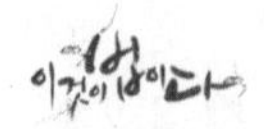

이라는 건 핑계야. 대만에 대한 침략을 지원하라는 뜻이니까."
"네? 그게 무슨 말입니까?"
그 말에 노형진은 자신의 귀를 의심했다.
"대만이 침략에 대비해서 방어를 강화하고 있지 않나?"
"그렇죠."
대만은 현시점에는 복무 기간이 4개월이지만 얼마 후에 1년으로 복무 기간을 늘리고 수많은 무기를 사면서 어떻게든 버티려고 한다.
하지만 말 그대로 '버티기'다. 어차피 아무리 대만이 노력해도 결과적으로 중국을 이길 방법은 없으니까.
그렇지만 미국은 대만을 포기할 수가 없다.
왜냐, 그렇게 되면 중국이 태평양으로 나와서 깽판 치는 꼴을 봐야 하기 때문이다.
세상이 아무리 발달해도, 비행기가 날아다녀도 물류는 절대적으로 배에 의존한다. 비행기가 감당하는 물류는 국제적으로 진짜 한 줌도 되지 않는다.
그렇기에 바다를 지배하는 자가 세상을 지배한다는 규칙은 여전히 적용된다.
"우리보고 설마 대만 공격을 돕기라도 하라는 겁니까?"
아무리 생각해도 그것 말고는 없다. 만일 원래 역사처럼 철저하게 중립을 요구하는 거라면 굳이 일본을 제압하고 방류를 막는 데 협조를 거부할 이유가 없다.

"돕기라……. 뭐, 사실상 도우라는 거지."

"무슨 말이죠?"

"대만에 대한 드론이나 무인 병기의 공급을 막으라고 하더군."

"그건 우리 일이 아니지 않습니까? 애초에 한국에서 만드는 무인 병기들은 한국과 유럽 시장에서만 팔기도 힘든데요? 당장 지금 폴란드에서 요구한 수량만 해도 족히 1년은 풀로 돌려야 합니다."

노형진도 바보가 아니다. 차세대 무기가 드론이나 무인 병기라는 걸 알고 있었기에 드론 공장을 만들고 무인 병기 시스템을 만들었지만, 그렇다고 해서 그걸 팔아먹기 위해 주변에 적을 만들 생각은 없다.

특히 중국이 툭하면 눈을 까뒤집고 물어뜯는 버릇이 있다는 걸 알기에 애초에 한국에서 만든 무기들은 대만이나 중국에서 적성국이라고 생각할 만한 꺼림칙한 곳에는 판매하지 않았고, 그 대신 인도에서 만들어 팔았다.

인도야 어차피 중국과 사사건건 부딪히는 나라다 보니 그런 거에 신경 쓰지 않으니까. 그랬기에 인도에서 만들어지는 장비들이 대만에 공급되고 있었다.

"그리고 애초에 해당 기업은 공식적으로 미국 기업인데요?"

그저 공장이 인도와 한국 그리고 우크라이나에 있을 뿐이었다.

"그래. 그런데 중국이 그 사실을 모르겠나? 그러니까 자네

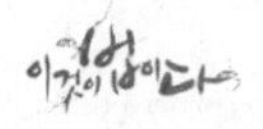

한테 압박을 가하는 거지."

노형진은 기가 막혔다.

"그래서, 지금 저희한테 대만에 대한 무기 공급을 끊으라고 하는 겁니까?"

"차라리 그런 거라면 속이나 편하지."

"설마……?"

"그래, 아예 자기네 라인으로 서라고 하고 있네."

그 순간, 노형진은 저도 모르게 거칠게 말을 내뱉었다.

"미친? 제정신입니까?"

"그만큼 해볼 만하다고 생각하는 거겠지. 우리가 미국과의 사이가 아주 좋은 건 아니지 않나?"

"그러니까 지금 우리보고 같이 일본의 방류를 막기 위해 자기들에게 줄 서라고 하는 거군요."

"그래."

"허."

노형진은 혀를 끌끌 찼다. 하지만 이해는 된다.

'인간의 욕심은 끝이 없지.'

회귀 전에는 중국과 한국의 사이가 워낙 좋지 않았던 터라 한국에 중립을 지키는 것만 요구했다.

하지만 지금은? 당연히 한국은 중립이다.

중국이 한국에 있는 주한 미군을 막아 보겠다고 미사일을 쏘면 모를까, 한국이 중국과 대만의 전쟁에 끼어들 여지는 별로 없다.

'사실 그럴 상황도 안 될 게 뻔하고.'

중국도 바보는 아니니 북한을 자극해서 한국군이 대만에 끼어들지 못하게 할 테니까.

어떻게 보면 중립은 서로의 이권이 맞아떨어지는 하나의 상황이다.

'그런데 이제는 아니라는 건가?'

한국이 중립을 지킬 테니까 이참에 아예 속국화해 보겠다 이거다.

물론 진짜 속국으로 흡수한다는 소리는 아닐 거다.

하지만 일단 중국에 줄을 서는 순간 마치 노예를 부리듯이 미친 듯이 착취하고 빨아먹을 거다.

"문제는 말이야, 그들이 노리는 게 뭔지는 알지만 또 그게 틀린 말은 아니라는 거야."

"확실히, 한국이 혼자서 일본을 견제하는 건 불가능하지요."

"절대로 불가능하지."

일본이 보기에 한국은 만만하고 아무리 떠들어도 아무것도 못 하는 병신 같은 나라다. 실제로 과거에 비하면 극우 세력이 줄었지만, 그런 마인드는 아직 사라지지 않았다.

"그에 비해 중국은……."

"네, 무시 못 하죠."

거대한 시장. 거기다가 중국에 의해 공급되는 엄청난 양의 원자재와 식량.

"당장 중국의 희토류만 통해도 심각한 타격을 입지."

물론 일본도 그걸 알아서 여러 창구를 확보해 놨지만 그런 물건이 한둘이 아니다.

"일본의 오염수 방류를 막기 위해서는 중국의 도움이 필수라네. 그건 부정할 수 없지."

그리고 그걸 미끼 삼아 항복을 요구하고 있다는 것.

이대로 방사능이 오염되는 건 자신들도 싫으니까 말이다.

'웃기고 있네.'

물론 원래 역사를 아는 노형진으로서는 웃기지도 않는 소리다. 일본의 방사능 오염수 방류는 결국 중국도 못 막으니까.

나중에야 수출을 막는다 어쩐다 했지만 결국 이미 시작된 방류를 일본은 끝까지 멈추지 않는다. 겁먹고 꼬리를 말아 버리는 순간 진짜로 질질 끌려다니기 때문이다.

'애초에 중국 공산당은 자국민의 건강에 관심도 없고.'

해류를 보면 한국은 구조적으로 일본의 뒤에 있기에 정작 그 오염된 오염수가 돌아오는 데 시간이 오래 걸린다. 그런데도 지리적으로 가깝기 때문에 이 난리인 거다.

그에 반해 중국은 해류상 옆이기 때문에 더 빨리 퍼진다. 그런데도 오염수가 방류될 때까지 입만 털다가 방류되고 나서야 조금 설레발치다가 말았다.

그 이전에 충분히 막을 수 있는 기회가 있었는데 말이다.

'이번에도 그렇게 되도록 놔둘 수는 없지.'

사실 그런 상황에 이르게 된 데에는 '설마 아무리 그래도 바다에 버리겠어?'라는 사람들의 생각이 큰 영향을 미쳤다.

하지만 노형진은 안다, '혹시나가 역시나'라는 걸.

2차대전도 '혹시나 했지만' 터졌고, 일본의 방사능 오염수 방류도 '혹시나 했지만' 결국 전 세계를 오염시켰다.

"뭐, 이번에는 혹시나 하는 일이 없도록 만들어야겠네요."

"응? 그게 무슨 말인가?"

"아, 별거 아닙니다, 후후후."

노형진은 피식 웃었다.

"그냥 '만일'에 대비하려는 겁니다."

물론 일본에는 그 대비가 상당히 곤란한 일이겠지만 말이다.

다음 권으로 이어집니다